URSO

Marian Engel

Edição: Ivandro Menezes & Nathan Matos
Revisão: Mika Andrade e Isa de Oliveira
Capa: Sergio Ricardo
Projeto Gráfico e Diagramação: Isabela Brandão

Nesta edição, respeitou-se o Novo Acordo Ortográfico da Língua Portuguesa.
Dados Internacionais de Catalogação na Publicação (CIP) de acordo com ISBD

E57u
Engel, Marian
Urso / Marian Engel ; traduzido por Berttoni Licarião. -
São Paulo : LiteraturaBr Editorial, 2022.
134 p. ; 14cm x 21cm.
ISBN: 978-65-89877-12-7
1. Literatura canadense. 2. Romance. I. Licarião, Berttoni. II. Título.
2022-2263
CDD 819
CDU 821(71)
Elaborado por Vagner Rodolfo da Silva - CRB-8/9410

Índice para catálogo sistemático:
1. Literatura canadense 819
2. Literatura canadense 821(71)

literaturabr.com
contato@literaturabr.com
LiteraturaBr

LITERATURABR
EDITORIAL

Fatos são convertidos em arte através do amor,
que os conecta e ergue até um plano mais elevado
da realidade; na pintura de uma paisagem, esse
amor que tudo abraça é expresso pela luz.

KENNETH CLARK

Paisagem em arte

MARIAN ENGEL: NAS ENTRELINHAS DA EXPERIÊNCIA ERÓTICA FEMINISTA

O escritor se encontra no espaço entre a experiência e a expressão.
Marian Engel, *Diários*.

Marian Engel (1933-1985) foi uma prolífica e relevante autora da geração de 1970 no Canadá. Contemporânea de Alice Munro e Margaret Atwood, publicou sete novelas, duas coleções de contos, dois livros infantis e numerosos ensaios e artigos. Politicamente ativa, em 1973, foi presidente da *Writers' Union of Canada* (União de Escritores Canadenses), fez parte do quadro da Biblioteca Pública de Toronto, onde lutava pelo direito dos autores aos empréstimos públicos, além de estar alinhada com a tradição literária feminista e com as discussões pós-modernas. Vencedora do *Governor General's Award,* o maior prêmio da literatura canadense, em 1976, com *Bear*, aqui traduzido como *Urso*, Engel destacou-se por se preocupar com a experiência e expressão das mulheres no mundo.

Ao ler os *Diários de Engel*[1], editados em 1999, percebemos como viver e escrever são atos profundamente conectados, social e politicamente, para a escritora. Assumidamente feminista, ela enfrentou críticas mordazes à sua forma de escrever, uma vez que mesclava elementos da sua experiência enquanto

1 Verduyn, Christl (Editor). *Marian Engel's Notebooks*. "Ah, moun cahier, écoute...". Waterloo, Ontario, Canada, Wilfrid Laurier University Press, 1999.

uma mulher da classe média canadense com uma imaginação fecunda que dá o tom da maioria dos seus livros. No entanto, ela recusava terminantemente o rótulo "confessional", comumente atribuído à literatura produzida por mulheres, ao entender que sua literatura tinha uma função política.

A publicação de *Urso*, em 1975, é um ponto de virada na carreira de Engel, pois fez ela ser mais lida e conhecida entre o público leigo, tornando-se um sucesso de crítica e um *best seller* ainda no verão daquele ano. A literatura de Engel lida o tempo inteiro com a tensão entre a escrita das mulheres e a dominação social e literária masculina. É importante notar que *Urso* se situa dentro de um projeto literário, no qual destacam-se temas centrais: liberação feminina; maternidade; expectativas familiares; insegurança social e econômica; e, falta de reconhecimento da produção literária das mulheres, temas que coadunam com a segunda onda feminista (1960).

Segundo Christl Verduyn[2], editora e uma das maiores estudiosas da obra de Engel, *Urso* surgiu inicialmente de um projeto de publicação de uma antologia de contos eróticos pela União de Escritores Canadenses. Abandonado o projeto, Engel resolveu revisar, ampliar e reescrever o material que viria a tornar-se a novela mais controversa da época, dando margem para variadas interpretações: "*uma busca por identidade*"; "*um conto mítico, fantástico ou gótico*"; "*uma crítica ao colonialismo*"; "*uma história de amor*"; "*pornografia*"; e, "*uma celebração da sexualidade e do erótico*".[3]

Entendo que *Urso* é uma obra que investiga a busca por uma identidade feminina fora do domínio masculino. A protagonista, Lou, é uma arquivista do Instituto Histórico de Toronto que ga-

---

2 Verduyn, Christl. Lifelines: *Marian Engel's Writing*. McGill-Queen's University Press, Montreal, 1995.

3 Verduyn, 1995, 118.

nha a oportunidade de catalogar uma biblioteca particular, herdada pelo Instituto, em uma ilha ao norte de Toronto. A biblioteca de Coronel Cary fica em uma propriedade octogonal extraordinária que abriga, além da arquitetura estonteante, um urso pardo. O animal, de idade e origem ignoradas, vive em um galpão atrás da mansão. Em sua estadia na Mansão, durante duas estações, primavera e verão, acompanhamos o desenrolar da amizade entre Lou e o urso, desembocando em uma relação emocional e sexual que transforma a personagem, psíquica e fisicamente.

O trabalho de Lou consiste em catalogar a Biblioteca de Cary que não é um mero cenário, mas um personagem importante da narrativa, uma vez que aparece como fio condutor não só das descobertas que Lou faz do acervo, mas de si mesma. É a personificação do legado dominado por homens, no qual Lou mergulha e, por vezes, se afoga, na tentativa de entender qual o seu papel no mundo:

> (...) ela não acreditava em processos não racionais, era uma bibliógrafa, disse a si mesma. Ela simplesmente queria que o registro fosse preciso (p.38).

Seu trabalho é, então, pôr em ordem os fragmentos das vidas de outras pessoas enquanto sua própria vida não tem sentido. A protagonista anda à deriva, oscilando entre momentos de autoconsciência profunda e uma crise de identidade:

> "Onde estive esse tempo todo?", ela se perguntou. "Vivendo uma vida que poderia ser considerada uma ausência de vida?" (...) um grito existencial dentro de si e uma voz interior estridente que questionavam não o projeto em que estava trabalhando, mas sua própria existência. "O que estou fazendo aqui?" ela se perguntava (...) (pp. 6; 46).

A confusão de Lou se aprofunda a cada dia, fora da rotina que tinha na cidade grande e na convivência com a natureza selvagem. Marian Engel explora de maneira magistral como o contato da mulher com a natureza representa, na mitologia ocidental, um escape da cultura masculina, inimiga maior da expressão e da liberdade femininas: Lilith se envolve com uma serpente; Afrodite com um cisne; Ártemis com um urso.

O urso, por sua vez, é um animal que tem uma vasta mitologia, principalmente, entre os povos que vivem em ambiente onde o inverno intenso. Engel explora essa mitologia, ao introduzir em pontos estratégicos da narrativa, informações sobre as crenças e o folclore em torno do animal, na forma de notas, deixadas por Cary dentro de livros, aparentemente, aleatórios, mas que aparecem em momentos decisivos para Lou.

A relação que ela desenvolve com o urso aponta também para o desenvolvimento do amor próprio da personagem. Ao refletir sobre os relacionamentos abusivos que tivera até então, Lou se dá conta de ter sido usada pelos homens e de, ainda assim, sentir-se sempre culpada por não ser amada. Ela entende que mergulhou no trabalho e fez dele sua vida, por ter sido incapaz de sentir-se útil fora dele:

> Ainda que num primeiro momento ela tivesse encontrado regozijo na erudita reclusão de seu trabalho, [...] Lou agora sentia que, de alguma forma, o trabalho a envelhecera desproporcionalmente, que estava tão velha quanto os papéis amarelados que ela gastava seus dias desdobrando (p.6-7).

Quando Lou escolhe o urso (o seu próprio prazer) ao invés dos livros, ela faz um movimento importante em busca da sua própria voz e da recusa ao papel social atribuído às mulheres:

> Porque o que ela não gostava nos homens não era a lascívia deles, mas o fato de que eles supunham que as mulheres não tinham nenhuma. Como consequência, não restava mais nada às mulheres além do trabalho doméstico (p.65).

Não obstante, ela também se sinta culpada e tenha episódios de arrependimento e autocomiseração, o que a faz sonhar com homens verdes (p.72), com o Diabo (p.73) e até com sua própria mãe (p.83) recriminando-a, ela também se perdoa e compreende, finalmente, que pode ser dona do seu próprio desejo:

> (...) se lembrou da garra que havia curado aquela culpa. Lou se sentia forte e pura. (...) Estava diferente. Parecia ter o corpo de uma mulher muito mais jovem. A gordura sedentária havia desaparecido, deixando a forma das costelas à mostra. Virou-se devagar e olhou as costas no espelho de vidro: um vergão longo, vermelho e coagulado a marcava do ombro à nádega. Essa marca deve ficar comigo, ela pensou. (p.80).

Com a decisão de partir e deixar o trabalho e as relações que a aprisionavam, ela afirma para si mesma que não é mais uma mulher colonizada. Nas costas, ela carrega uma cicatriz que não é a "*marca de Caim*" (p.80), mas um sinal da sua própria absolvição:

> Sentiu dor, mas era uma dor querida e doce que não pertencia ao sofrimento mental, mas à terra. (...) O que havia passado dele para ela, não sabia. Certamente que não havia sido a semente de heróis, ou magia, ou qualquer virtude surpreendente, porque Lou continuava sendo ela mesma: mas por um estranho e nítido momento ela pôde sentir em seus poros e no gosto em sua boca que ela sabia, enfim, para que servia o mundo (p.81).

Urso é um livro para ser lido sem preconceitos. Uma obra que desmistifica a questão do desejo e do erotismo feminino em um trabalho feminista, instintivo e intelectual, no qual Marian Engel recupera e problematiza a história da dominação do corpo e da liberdade das mulheres pelos homens.

Dia Nobre, historiadora e escritora.
Petrolina, 10 de junho de 2022.

I.

Durante o inverno, ela vivia como uma toupeira enterrada em seu escritório, escavando em meio a mapas e manuscritos. Morava perto do trabalho e fazia as compras no caminho entre o apartamento e o Instituto, atravessando célere os trechos de inverno, de um abrigo a outro, sem perder tempo. Ela não gostava do ar frio em contato com a pele.

Sua sala no subsolo do Instituto ficava perto dos tubos de calefação e lhe protegiam do frio as paredes forradas de livros, os armários de madeira e as fotografias emolduradas muito velhas, de cenas avulsas: General Booth com a avó de alguém, a cidade, a França vista do alto em 1915, grupos de atletas e sapadores; coisas que as pessoas traziam para ela porque sabiam que não as jogaria fora, porque mantê-las era seu trabalho.

"Não jogue isso fora", diziam. "Entregue para o Instituto Histórico. Talvez eles queiram guardá-lo. Talvez esse fulano tenha sido alguém mais importante do que a gente imagina, mesmo que bebesse muito." E foi dessa generosidade que ela recuperou um cartão de Natal enviado das trincheiras com a sola de uma bota gravada nele, um poema em pergaminho para o município de Chingacousy emoldurado por uma guirlanda de cabelo humano, uma fotografia autografada pelo fundador de uma empresa de sementes há tempos incorporada por outra concorrente. Trivialidades que serviam para lembrá-la de que há muito tempo o mundo exterior existira, de que havia no hoje mais do que ontens e seus papéis amarelados, suas tintas perdendo a cor, seus mapas que tendiam a se despedaçar quando eram desdobrados.

No entanto, quando o tempo mudava e o sol se infiltrava através das janelas do subsolo, quando raios de sol surgiam carregados de poeira primaveril e o cinzeiro de latão recendia a um inverno de nicotina e contemplação, as falhas em seu imperturbável mundo privado tornavam-se notórias até mesmo para ela, porque ainda que amasse coisas velhas e surradas, objetos com um passado que tinham sido amados e sofridos, quando percebia a palidez de lesma de seus braços e suas impressões digitais ressecadas por tinta muito, muito velha, quando via que os achados com os quais havia adornado seus quadros de aviso estavam envergados e haviam perdido o sentido, e descobria que seus olhos não mais focavam na luz – nesses momentos ela era sempre tomada por um sentimento de vergonha, pois a imagem da Boa Vida por muito tempo estampada em sua alma era bastante diferente daquilo, e o contraste a fazia sofrer.

Este ano, todavia, ela escaparia daquele momento humilhante de tomada de consciência. A toupeira não seria forçada a admitir que estivera destinada a antílope. O diretor a encontrou entre seus arquivos e mapas enrolados e, mantendo-se solenemente em pé sob uma fileira de retratos de família doados ao Instituto sob o pretexto de que seria sacrilégio pendurá-los no banheiro, como era o costume, anunciou que o espólio de Cary tinha sido finalmente liquidado em favor do Instituto.

Ele olhou para ela, ela olhou para ele: havia acontecido. Ao menos uma vez, no lugar de certificados de frequência em cursos de catequese, documentos de emigração antigos, envelopes com fotos dominicais de fazendeiros desconhecidos e cartas de amor fenecido, algo de verdadeiro valor havia sido deixado para eles.

“Melhor começar a empacotar suas coisas, Lou”, ele disse, “ir para o norte e trabalhar nisso. A mudança vai te fazer bem.”

Quatro anos antes eles haviam recebido o comunicado de uma firma de advocacia em Ottawa declarando que parte do espólio de alguém de nome Coronel Jocelyn Cary, incluindo a Ilha de Cary, a propriedade conhecida como Pennarth ali situada e tudo o que havia dentro de seus imóveis, tinha sido deixado para o Instituto. Os advogados acrescentavam ter conhecimento de que Pennarth contava com uma vasta biblioteca com documentos relevantes sobre os primeiros povoamentos naquela área.

Lou e o diretor buscaram em seus arquivos por referências a Cary e enviaram pesquisadores ao Arquivo Estadual. Desenterraram um documento escrito na caligrafia arcaica da Srta. Bliss, a predecessora de Lou, referente à visita de Coronel Jocelyn Cary, em 1944, durante a qual a doação do patrimônio havia sido proposta. Na época, o diretor estava no exterior; o Instituto mal conseguia se manter. Nada fora feito para dar seguimento à oferta, e quando Lou finalmente deu cabo de virar adulta e passou a trabalhar no Instituto, já fazia um bom tempo que a srta. Bliss começara a beber e a florear seus relatórios com muitas ideias inacreditáveis.

"Bem", disse o diretor com cautela, "é melhor não alimentarmos esperanças. Isso nunca aconteceu antes."

Os familiares entraram com um processo, é claro. Eles logo descobriram que a Ilha de Cary já não era apenas um refúgio isolado em um rio solitário; automóveis, lanchas, feriados prolongados, motos de neve e muito dinheiro haviam transformado a ilha em um paraíso imobiliário.

Enquanto o diretor obtinha assistência legal às custas do governo estadual (que gradualmente assumira o Instituto), Lou escavava e revirava arquivos e biblioteca, rezando durante o trabalho para que a pesquisa revelasse algo capaz de testemunhar a favor de sua causa. Descobrira que a tradição canadense era, em geral, afetada e pudorosa. Qualquer evidência de que um antepassado tivesse feito algo mais além de trabalhar e frequentar a igreja era geralmente destruída. Dessa forma as famílias se tornavam convenientemente respeitáveis em retrospecto, ainda que a prática representasse, como ela e o diretor com frequência lamentavam, um inferno para a História. Se Cary tivera dinheiro e energia suficientes para construir uma casa tão afastada ao norte e a enchera de livros, ele certamente era um sujeito incomum. Cabia a ela descobrir o quanto incomum ele havia sido e rezar, enquanto isso, para quaisquer deuses, musas e membros do parlamento que pudessem estar de olho nos assuntos do Instituto para que o bastante viesse à tona e revelasse o fraco negativo da história daquela região.

Coronel Cary, que havia feito a doação, incluíra um resumo dos feitos de seu antepassado. Ao que tudo indicava, o primeiro coronel, nascido no ano do estopim da Revolução Francesa em uma boa família de Dorset, mas sem títulos de nobreza, fizera-se soldado muito jovem e servira em Portugal e na Sicília durante as Guerras Napoleônicas. Aos 20 anos de idade, casou-se com uma Srta. Arnold, cujo pai militar auxiliava as tropas posicionadas em Messina. Ele ascendera nos ranks da artilharia, fizera um bom número de crianças com sua esposa, servira com distinção em uma série de campanhas no vale de Po e, com o fim das guerras, retornara desempregado com sua prole à Inglaterra.

Todas essas informações haviam sido verificadas por referências a títulos de terra, comissões, recomendações e menções militares.

O resumo fazia notar ainda que durante o serviço militar o coronel se afeiçoara à ideia de viver em uma ilha. Rezava a lenda familiar que certo dia quente de verão, enquanto servia em

Malta, ele abrira um atlas do Novo Mundo, fechara os olhos e escolhera a Ilha de Cary com um alfinete.

Lou imaginou o coronel sentado em uma latrina militar portátil, gemendo os efeitos de uma desinteria de verão e desejando água fresca. Não seria necessário nenhum alfinete. Após uma busca infrutífera por emprego na Inglaterra, vendeu as propriedades que tinha e se mudou com a família para Toronto, chamada York à época, em 1826.

Ótimo. Ele constava nos registros. Cary. Coronel John William. Rua Shuter, número 22. Cavalheiro.

Foi somente em 1834 que obteve permissão ("Vosso requerente humildemente solicita...") para se estabelecer na Ilha de Cary, mediante a promessa de construir uma madeireira e fornecer um navio de comércio para a região.

"Minha avó, no entanto", dizia o relato, "recusou-se a adentrar ainda mais em terras selvagens e encarar as inclemências do norte. Ela tinha um temperamento meridional, ou talvez fosse sua ancestralidade falando mais alto. O coronel se viu forçado a deixá-la em York com suas filhas e filhos mais jovens. Dirigiu-se ao norte com Rupert, seu segundo rebento (acredito que o mais velho, Thomas Bedford Cary, era de saúde delicada, já que foi enterrado, no Cemitério Necrópoles, em 1841), e viveu na ilha uma vida simples até o fim de seus dias."

Referências oficiais a Cary eram escassas. Sua petição para firmar moradia na Ilha de Cary e posterior compra da propriedade, financiada pela venda da patente militar, haviam sido registradas. De acordo com os arquivos municipais, a Sra. Henrietta Cary continuou a viver em York, em um respeitável endereço até muito depois da cidade ser nomeada Toronto. Em 1836, o Coronel foi nomeado magistrado do Distrito do Norte.

Recebeu um funeral militar na cidade de Sault Sainte Marie, Ontario, no ano de 1869, aos noventa anos de idade.

Agora restava a Lou pesquisar e descobrir mais detalhes sobre os anos passados na Ilha de Cary. Uma vez que o Instituto ganhara o processo com eventuais despesas inclusas, ela seria enviada para inspecionar a propriedade neste verão. Havia apenas a questão, recomendaram os advogados e cuidadores da propriedade, de esperar até que o clima lhe permitisse algum conforto durante sua estadia em Pennarth, tendo em vista que a casa nunca fora equipada com aquecimento central.

2.

No dia quinze de maio, Lou encheu seu carro com pastas-arquivos, papéis, cartões, cadernos e uma máquina de escrever. Ela havia desenterrado seus velhos apetrechos de acampamento – um casacão xadrez roído por traças, botas para longas caminhadas e um saco de dormir dos tempos de adolescente. O diretor ofereceu-lhe um aperto de mãos como despedida e se afastou do cheiro de naftalinas.

"Seu contato se chama Homer Campbell. Saia da Rodovia 17 na Queda do Fisher e siga a Estadual 6 até um vilarejo chamado Brady. Vire à esquerda no cruzamento e acompanhe a margem do rio até chegar à Marina de Campbell. Homer vai providenciar um barco e te levar até a ilha. Eu falei com ele ontem. Ele disse que instalou um novo tanque de propano e contratou alguém para limpar a casa pra você."

A estrada subia para o norte, e ela a seguiu. Ao atravessar o Rubicão no ponto mais alto da paisagem, Lou começou a se sentir livre. Acelerou rumo ao norte em direção às montanhas, levemente entorpecida.

O inventário da casa e demais construções fornecido pelos advogados indicava que ela não teria necessidade de muitos equipamentos. A casa não era nenhuma cabana de madeira. Possuía seis cômodos, um dos quais era destinado à biblioteca. Havia muitos sofás, mesas e cadeiras. Ela conseguia imaginar todos aqueles móveis listados, de pernas espaçadas e amplas, ocupando o lugar. Tinha a sensação de que tudo seria confortável.

A terra agitava-se com um novo verde. Atravessando a baía, ela estremeceu no convés da balsa que conectava as duas partes do arco quebrado de calcário que as ilhas formavam. Gaivotas sobrevoavam em círculos acima da balsa e uma sirene alertando sobre nevoeiros soou à distância. A embarcação passou por uma ilha grande onde ela um dia desejara viver por toda a vida, e outra pequenina, que os indígenas acreditavam ser assombrada, para onde fora levada quando criança. Lembrava de sua chegada à ilha em uma grande lancha, do desembarque, e de como encontrara trilhas encobertas por plantas de hera venenosa tão altas quanto ela mesma. Seus pais estavam procurando por gentianopsis e gramas-do-parnassus; enquanto se empenhavam nessa busca, ela se viu paralisada de interesse pelo esqueleto da maior libélula do mundo, presa a uma teia de aranha em uma janela do chalé, sugada até ficar completamente oca.

As ilhotas flutuavam inocentemente entre as ondas, ninadas pelo balanço das boias de sinalização.

Não havia muitos passageiros nesta época do ano: uns poucos caçadores, alguns indígenas vestindo casacos magenta de ski, um casal de idosos lendo lado a lado no topo da passagem entre decks, uma família falando francês em roupas desportivas recém-compradas. A tradição que ditava que tudo aquilo destinado ao ar livre deveria estar encardido e coberto de bolinhas e ter mais de quarenta anos parecia ter morrido para todos, à exceção dela. Lou lembrou-se de um conhecido que disse certa vez ser impossível encontrar uma mulher cujo cheiro fosse dela mesma.

Já estava quase anoitecendo quando a balsa atracou. Ela tinha lembranças nítidas de haver estado aqui antes. Recordava-se de uma praia, de um lago da cor de prata, de algo triste acontecendo. Sim, algo triste que acontecera quando era muito nova, algum tipo de perda. Pareceu-lhe estranho que nunca houvesse retornado a esta parte do mundo antes.

Enquanto esperava seu carro ser reconduzido à terra, ela observou o grupo de indígenas entrar em um furgão branco último modelo.

Era muito tarde para chegar à Marina antes de escurecer, pois o percurso da balsa havia sido, como de costume, demorado. Ela pegou um quarto de hotel em uma praia deserta e passou a noite vadiando ao longo da água, prestando atenção ao canto dos pássaros.

"Ando com a estranha sensação", ela escreveu ao diretor em um cartão-postal, "de ter renascido."

Dirigindo pela ilha na manhã seguinte, Lou sentiu um solavanco no coração ao avistar as montanhas rochosas de Algoma. "Onde estive esse tempo todo?", ela se perguntou. "Vivendo uma vida que poderia ser considerada ausente de vida?"

Já fazia um tempo que as coisas andavam ruins para ela. Não havia nada específico que ela conseguisse citar como problema; era mais como se a vida de um modo geral lhe guardasse algum ressentimento. Tudo persistia em acabar mal. Ainda que num primeiro momento ela tivesse encontrado regozijo na erudita reclusão de seu trabalho, na proteção contra as vulgaridades do mundo que o Instituto lhe oferecia, após cinco anos Lou agora sentia que, de alguma forma, o trabalho a envelhecera desproporcionalmente, que estava tão velha quanto os papéis amarelados que ela gastava seus dias desdobrando. Quando, vez ou outra, levantava os olhos do passado e esquadrinhava o presente, este desaparecia de sua vista e se tornava tão inapreensível quanto uma miragem. Mesmo depois de conversar sobre o assunto com o diretor, que interpretou seu estado de espírito apenas como ossos do ofício, ela continuava insatisfeita com o fato de que a única vida que lhe fora ofertada estivesse sendo vivida daquela forma.

Era tarde da noite quando estacionou junto à Marina. Entrou na loja, uma construção feita com blocos de cimento, e perguntou por Homer Campbell. O comerciante de cara redonda admitiu sua identidade.

"Você deve ser a moça do Instituto que o Sr. Dickson me escreveu a respeito", ele disse. "Você fez ótimo tempo de viagem. Podemos seguir para lá esta noite." Ele chamou o filho e começou imediatamente a descarregar o carro dela. Quando Lou fez um pequeno estardalhaço sobre os cuidados com a máquina de escrever, ele lhe lançou um olhar de pena.

Homer Campbell era um homem alegre de meia-idade. Seu filho, Sim, de olhos e cabelos claros, um fantasma, albino, carregou silenciosamente uma segunda lancha com caixas de suprimentos que eles haviam preparado para ela. Ele falava com o filho por meio de gorjeios e cacarejos, como faria com um animal. O filho tinha pés grandes, era tímido e submisso: quinze ou catorze anos, ela concluiu.

Lou achou estranho sentar-se na lancha: ela parecia não saber mais como se curvar para caber no pequeno espaço. Homer tentou mostrar-lhe como dar a partida no motor, mas ela se sentia muito distante dali.

Havia estudado as cartas de navegação; sabia que a Ilha de Cary ficava vários quilômetros acima da foz do rio no qual estavam penetrando. O local parecia perfeitamente acessível em um mapa, mas ela já sabia que o Coronel não levara em conta o fato de que o rio, apesar de sua larga foz, desaguava em um riacho mais acima, de modo que seu refúgio pantanoso estava mais isolado do que um cartógrafo poderia supor à primeira vista. Lou também havia lido que a madeireira de Cary fracassara em seu propósito porque aquele rio de aparência inglesa, tão elegante, fornecia água suficiente para girar a roda apenas um dia por semana.

Homer falava alto com ela por cima do rugido do motor. Ele parecia um homem eloquente, mas ela estava mais interessada nas formas mágicas ao seu redor, em como a robustez das rochas rapidamente se convertia em areia e florestas de bétula branca, e ilhas não muito maiores do que bancos de areia surgiam coroadas por velhos chalés verdes que pareciam perdidos e abandonados nesta época do ano. Neste país, pensou, temos vidas de inverno e vidas de verão de qualidades completamente diferentes.

Eles deslizaram pelo canal frio, Sim em um barco prateado seguindo logo atrás.

"Você não estará tão isolada assim", Homer gritou, "mas é bom que mantenha combustível no tanque caso precise de ajuda. É pouco provável que tenha problemas com tempestades nesta época do ano, mas pode ser que um raio te pegue ou uma garganta inflamada ou algo do gênero. Joe King mora por aquelas bandas durante o inverno quando monta suas armadilhas de caça, e sua tia, Sra. Leroy, uma velha índia, está com a sobrinha em Neebish no momento, então você não vai ter nenhuma companhia inesperada".

"Há um fogão à lenha e um fogão a gás e um par de lareiras. Eles tinham um aquecedor de ambiente que Joe e eu tiramos de lá, era perigoso pra cacete. Joe encheu o depósito de lenha e a velha varreu o lugar pra você, vai estar confortável e aquecida. Se ela voltar, você a reconhecerá: é tão velha quanto as montanhas e não tem os dentes".

O barco era velho, de fundo chato e feito com tábuas de cedro, mas o motor era novo. Homer garantiu que não vazaria muito uma vez que passasse um tempinho na água. Havia uma canoa na casa de barcos, mas ele não sabia em que condições estava. Tinha colocado um motor leve no barco porque supôs que ela não gostaria de arrastar um motor de vinte cavalos até a casa quando o tempo ficasse ruim. O mais importante era mantê-lo limpo e seco, e conservar cheio o tanque de combustível.

Uma sirene de nevoeiro soou. Lou assustou-se, muito contra a sua vontade. Homer riu. "Parece uma vaca berrando bem no pé do ouvido, não é? O canal por onde passam os navios fica a apenas quatro, cinco milhas do outro lado de onde você vai estar. Teremos um bom ano. O rio abriu mais cedo".

Então aquela praia quieta e sinuosa era, enfim, a Ilha de Cary. Havia arbustos de junça na areia e, mais além, pedras e árvores anônimas. "Aquele é o ponto de acesso. Vamos contorná-lo em um minuto". Havia algo de afetuoso na voz de Homer, como se ele amasse o lugar. Ele olhou para ela e desviou o olhar.

Quando estavam contornando a curva do rio, ele apontou e Lou viu a casa surgir branca contra o céu escurecido. Ela prendeu a respiração e esperou; em seguida, quando se aproximaram do cais confirmou que o que tinha pensado era verdade: a casa era um modelo clássico octogonal, estilo Fowler.

"Uau", ela disse.

"Uma beleza, não é?"

"Ela não consta nos livros. Há um catálogo que lista casas assim".

"Ah, nós somos bem cautelosos por aqui. Ninguém saberia deste lugar a menos que estivesse explorando o rio com um barco; e nenhum de nós diz nada. Enviamos os turistas todos para que se amontoem naquela casa onde dizem que Longfellow escreveu aquele poema indígena, lá embaixo no canal principal. Este lugar foi esquecido, por assim dizer, e por aqui achamos que seja melhor assim. É uma joia, não é? Espere só até você subir o rio sozinha em uma manhã de julho. Não há nada que se compare. Pegue a corda, Sim".

Eles amarraram o barco a uma pequena doca e antes mesmo que ela se colocasse de pé, Sim e Homer já haviam descarregado metade dos pertences e mantimentos.

"Os parentes devem ter ficado furiosos quando a propriedade foi deixada para vocês", Homer continuou. "Eles queriam a ilha inteira dividida em lotes para a construção de casas de veraneio. Mas o governo não permite mais esse tipo de coisa. Aqui, suba, vou te mostrar lá dentro".

Cambaleando sob o peso de suas malas, Lou seguiu Homer margem acima, atravessando um amplo gramado verde ("o Sim vai aparar essa grama pra você") em direção à varanda da casa.

"Espero que você consiga se virar sem luz elétrica", Homer disse. "Há algumas lâmpadas a gás, mas nenhuma delas é forte o suficiente. Você vai precisar trabalhar perto de uma janela. Mas não se preocupe, a casa é cheia delas".

Lou parou e admirou a casa, deixando que as palavras dele passassem incólumes por seus ouvidos. Na luz do crepúsculo, era apenas um suave volume de grandes proporções na paisagem. Suas amplas varandas ofuscavam as janelas do térreo, enquanto árvores de grande porte se arqueavam sobre elas.

"Bétulas Negras", Homer falou. "Essas árvores têm algo de especial: debaixo delas é mais fresco do que em qualquer outro lugar em um dia quente de agosto".

"Não sei se estarei aqui até agosto", ela murmurou.

"Ninguém nunca saiu deste lugar a não ser que tenha sido obrigado a fazê-lo. Aquela neta de Cleveland teria dado o olho da cara para manter a propriedade. Gastou uma fortuna tentando impedir que o espólio ficasse com vocês. Aqui, as chaves estão comigo".

Fazia tanto tempo desde que vira uma daquelas chaves de casa, longas e dentadas, que ela até se esquecera de como eram chamadas.

"Não havia necessidade de trancar a porta antes da chegada das motos de neve", Homer disse. "Ganha-se aqui, perde-se acolá." Os passos de ambos soaram ocos no alpendre da casa.

Homer abriu a porta da frente. Ela entrou e deixou sua bagagem no hall de entrada. Estava rodeada por portas e janelas. À sua frente, uma ampla escadaria conduzia ao piso superior.

Cheiro de querosene. Cheiro de ratos. Cheiro de poeira (os últimos raios de sol inclinando-se através de pequenas vidraças velhas). Homer permaneceu ao seu lado quase como se pedisse desculpas, procurando por um sorriso de aprovação. Lou olhou para as escadas no alto, à esquerda e à direita, e sentiu outro cheiro, desta vez almiscarado, não identificável, mas bom. Homer virou à sua direita, abriu a porta e colocou a grande máquina de escrever em cima de uma mesa em um quarto pouco iluminado. O rapaz entrou com as bolsas de mantimentos. Plaft. Ploft. E saiu para buscar mais coisas.

"Estas casas são praticamente redondas", Homer disse. "Venha comigo que eu te mostro. Sabe acender um lampião a querosene?"

"Sim."

"Mostre." Uma intrincada lâmpada de vidro leitoso pendia do teto da sala onde ela estava, mas Homer trouxe de algum outro canto uma lanterna de latão como aquelas usadas por ferroviários. Lou acendeu-a, e a sala iluminou-se com o brilho de sofás e mesas de pernas arqueadas, suportes de plantas e samambaias mortas. "A cozinha é mais interessante. É por aqui. Você se lembra como se usa o regulador de fluxo de um fogão à lenha?"

"Não."

"Quando fizermos o *grand tour* eu te ensino a operá-lo. Vai ser preciso para garantir um pouco de aquecimento pela manhã. Pode ser que ainda caia alguma neve por aqui, sabe?"

A cozinha ocupava apenas um plano do octógono, diferente da sala de estar que ocupava dois. Havia um fogão moderno a gás ao lado do fogão à lenha, um fogareiro portátil com tampa basculante e uma pia de latão com uma bomba d'água.

"Há uma bomba melhor do lado de fora", Homer falou. "Nós sempre tivemos problemas com a vedação dessa aqui. Já este outro cômodo é uma combinação de depósito de lenha e sala traseira, daqui você tem acesso ao verdadeiro depósito de lenha. Há um quintal lá fora e uma casa mais ao fundo. Lucy limpou o lugar todo bem direitinho, não foi? Esta sala ao lado é o quarto principal. A cama parece meio afundada. Ela preparou a lareira pra você. Vou acendê-la e depois podemos ir lá fora para eu te mostrar onde cada coisa está. Saia pela porta da frente e dê a volta. Os degraus da entrada traseira são ruins à noite."

Agora já havia escurecido consideravelmente, e o ar estava úmido e frio. Ela estremeceu enquanto seguia Homer pelo lado sul da casa, onde ele mostrou a bomba de alta pressão ao ar livre e o banheiro que fazia parte de uma coleção de abrigos que povoavam o quintal dos fundos. O banheiro tinha dois buracos e ela reparou, divertindo-se, que as tampas dos assentos eram feitas de refletores de luz antigos esmaltados, frisados como bordas de torta.

Lou fez menção de retornar à casa, pois estava escuro e ela sentia frio e cansaço, mas Homer permaneceu no mesmo lugar encarando-a inquieto e com visível desconforto. Ela imaginou se ele iria tentar tocar nela ou admoestá-la. Queria entrar e se acomodar. O dia havia sido longo; ela tinha muito no que pensar. Sentia-se impaciente.

"Alguém te falou", ele perguntou, "sobre o urso?"

3.

Ao que parece, sempre houvera um urso ali. Aquele Lorde Byron que o primeiro Coronel tanto admirava havia tido um urso. O coronel, por sua vez, também tivera um urso. E o urso ainda estava lá. A tia de Joe King, Lucy Leroy, que diziam ter cem anos de idade, cuidara dele após a morte de Cary. Agora Lucy tinha ido embora. O urso estava em algum lugar atrás da casa, certamente dormindo. Mas ela precisava saber do urso.

"Eu não gosto dessa história. Nem gosto de animais de estimação, para falar a verdade. Eu teria um cachorro, se ele fosse bom de caça, e uma vez cuidei de um bicho que encontrei ferido, mas os Cary tinham essa mania de urso e quando Cary morreu, o que podíamos fazer a respeito? Lá estava ele. Então ficamos com o urso, sem dizer nada aos advogados. Joe e Lucy tomaram conta dele. Ele tem seu próprio abrigo lá atrás, o depósito de troncos original que deveria servir à madeireira. Você é de Toronto, vai se encantar com a construção. É um urso velho, mas não tem mau temperamento."

"Eu não soube o que fazer quando disseram que enviariam uma mulher para cá. Eu esperava que mandassem um homem, não sei por quê."

"Ele está lá e pertence a este lugar. Não sei de onde o trouxeram, não há muitos ursos por aqui. Talvez Lucy saiba de alguma coisa, mas ela foi morar com a nora. Eu não fazia ideia de como diabos te contar antes de chegarmos aqui, mas você parece estar levando numa boa. O Joe falou que basta tratá-lo como um cachorro. Perguntei a ele antes de sua partida. Não force uma aproximação até que o urso tenha se acostumado com você porque ele é bem velho, ninguém sabe a idade dele, mas como eles vivem entre vinte e cinco ou trinta anos, ele não deve ser muito jovem. Eu cheguei aqui logo depois da guerra e não lembro de alguma vez ter visto um filhote, mas eu também não passava muito tempo na propriedade. Cary não apreciava companhia, a não ser quando fazia um pedido de mantimentos de vez em quando."

"Joe deixou quase cinquenta quilos de comida para cachorro no abrigo. Qualquer outra coisa que você encontre ali saiu do dinheiro que o Instituto nos enviou quando nos disseram que você viria."

"Eu não sei o que faria se alguém largasse um urso nas minhas costas. O que posso dizer é que Lucy garante que ele é um urso bom e, você sabe, apesar das pessoas não gostarem de índios e deles não serem bons de copo, por aqui nós respeitamos a Lucy, e se ela diz que ele é um bom urso talvez você possa alimentá-lo e lhe dar água durante sua estadia e depois nós decidimos o que fazer."

Após ter falado de maneira rápida e nervosa, Homer lançou um olhar para as árvores escuras por trás da casa iluminada, balançou a cabeça, colocou uma mão no braço de Lou e a conduziu pelos degraus da varanda. Na porta de entrada ele disse que amanhã ela tentasse chegar sozinha à Marina usando a lancha. Caso ela não aparecesse até às quatro, ele viria checar se havia algum problema. O segredo era virar à esquerda no ponto em que a foz do rio se abria para o canal principal.

Depois chamou pelo filho e ambos partiram.

4.

Ela entrou e se sentou à mesa da cozinha, atordoada. Ouviu o som do motor do barco afastando-se e depois, nada; abriu duas portas para que pudesse ver o fogo crepitando em seu quarto. Este era, então, seu reino: uma casa octogonal, um cômodo cheio de livros e um urso.

Lou não conseguia acreditar no que ouvira. Estava perplexa. Devia haver uma palavra para um desdobramento de eventos tão maravilhoso — alegria, golpe de sorte, obra do acaso: ah, serendipidade. Sem precisar abandonar seu trabalho (que ela amava), ela havia sido jogada em uma das melhores casas da província, no início do verão, e em uma das melhores zonas de resorts da região. Estava um tanto isolada, é verdade, mas ela sempre havia adorado estar só. E a ideia do urso lhe parecia ao mesmo tempo deliciosamente elizabetana e exótica.

Ela acendeu o lampião na cozinha com facilidade: aproximou um fósforo ao bocal, girou a chave e o ouviu estalar suavemente ao ser aceso. Sob o brilho morno, ela encheu a chaleira tirando água de um balde de aço esmaltado ao lado da pia. A água estava gelada e cheirava a enxofre. Agora também fazia frio dentro da casa.

Ela preparou uma xícara de chá e a levou consigo para o quarto mergulhado em penumbra, onde se sentou em um sofá longo e curvo de frente para o fogo, encarando as chamas. Nunca conseguiria entender que sorte estranha havia sido aquela que a trouxera para este lugar. "Serei feliz", murmurou para si mesma.

Sempre que entrava em uma maré de boa sorte, um de seus tios do interior costumava dizer "Estou deitado com os dois pés em um leito de rosas".

Os pés de Lou estavam gelados. Ela tirou as botas e aqueceu as meias próximo ao fogo. Meio esticada, ela percebeu o quanto estava exausta: a alegria era cansativa. Ela remexeu sua bagagem em busca do saco de dormir e o desenrolou em cima do sofá. A enorme cama de Cary atrás dela parecia tanto formidável quanto úmida. Arrumou a cozinha, apagou a luz, desabotoou o sutiã e deslizou completamente vestida para dentro do saco de dormir. Adormeceu ouvindo ainda o fogo crepitar.

Ela acordou bem cedo. Estava com frio, muito frio. Puxou o suéter para baixo e o saco de dormir mais para cima, contorcendo-se até ficar confortável, e se preparou para voltar a dormir. Enquanto isso, sentiu o cheio do ar frio e fresco e se lembrou de onde estava. A casa cheirava a fumaça de lenha e grama nova.

Às sete levantou-se, calçou as botas e saiu para inspecionar seu reino.

Era majestoso. Por cerca de cem metros o leito do rio havia sido transformado em um vasto gramado que começava a verdejar. Ao longo da margem, uma fileira de bordos magníficos, uniformemente espaçados, florescia. Além deles, o rio se estendia prateado, serpenteando por entre seus baixios, e desaparecia novamente entre bétulas e arbustos raquíticos. Não havia sinal de qualquer outra habitação.

Permaneceu bem quieta junto à margem do rio, ciente de que cada movimento seu produziria um som forasteiro, até mesmo o esfregar de suas mãos nos bolsos em busca de calor. Lou saboreou a novidade ao seu redor, os galhos amarelados dos arbustos de salgueiro, a casa de barcos levemente inclinada, os botões verdes nas árvores, e então se virou para encarar aquela casa inacreditável.

A grande construção branca multifacetada resplandecia ao sol da manhã; suas varandas de telhados pretos pendiam como aventais sobre o primeiro andar. As janelas do segundo andar eram largas e brilhantes. Do telhado, duas chaminés e uma claraboia erguiam-se como a coroa de um chapéu. Lou mal podia acreditar em sua perfeição.

E foi então que se lembrou do urso. Não era um sonho. Aquele homem, aquele tal de Homer, havia dito que atrás da casa havia um urso. A ideia lhe parecera estranhamente maravilhosa a princípio, mas tudo indicava que ali havia mesmo um urso. Um urso obviamente faminto àquela altura. Ela devia ir lá dar uma olhada. De nada serviria adiar o momento.

Ela se perguntou se o urso seria uma boa companhia.

5.

Lou não gostava de animais. Tivera um cachorro uma vez e ficou muito triste quando ele foi atropelado, mas não sentira sua falta desde então. Aborrecera-se com os gatos e se encantara com os bezerros em uma fazenda que ela visitou uma vez. Esta era toda sua história com bichos até então. Um começo duvidoso para um urso.

Bom, ela pensou, talvez seja melhor começar pelos livros, trabalhar com algo conhecido para depois chegar ao desconhecido; mas ela também precisava usar o banheiro, que ficava na mesma direção que o abrigo dele. Tomou coragem. Se não conseguisse encará-lo, ao menos poderia dar uma olhada na situação da cabana e admirar seus entalhes.

Vista pela frente, a casa parecia uma construção simples e solitária, mas inúmeros anexos haviam brotado detrás dela como fungos: uma lenheira feita de tábuas e ripas de madeira e uma casa de toras em ruínas, esta última conectada à lenheira por uma espécie de paiol que talvez fosse o telhado de proteção do que restava de um galinheiro. Juntas, elas formavam um conjunto todo cercado.

Ela se aproximou da cerca pelo portão voltado para o sul. O urso deveria estar na velha cabana. Havia um poste ao lado da porta e conectada ao poste uma corrente que desaparecia escuridão adentro. O chão estava lamacento, mas não havia rastros recentes na lama. Como será que se chama um urso?, perguntou-se, apoiada à cerca.

"Olá", disse suavemente para a escuridão. Nenhuma resposta. Deve estar dormindo, ela pensou; talvez ainda esteja hibernando.

O dia em que conhecera um alce foi a única vez em que sentira suas pernas fraquejarem. Lou esperava ter medo do urso, mas aqui estava ela calmamente parada à sua porta. Tinha certeza de que ele estava lá dentro e de que era um urso bondoso. Perguntou-se que tipo de tola ela seria.

Retornou à casa, batendo a porta mosquiteira atrás de si. Havia muito a ser feito antes que ela pudesse fazer o que realmente queria – começar o trabalho com os livros – porque se não desfizesse as malas agora acabaria por viver seus dias ali em desordem. Organizou, primeiro, seus pertences pessoais no quarto de dormir, depois encheu ao acaso os armários de cozinha com os enlatados. Levou um bom tempo para decidir o que fazer com os itens de geladeira, como manteiga e bacon. Ela encontrou uma torradeira de quatro lados enferrujada e a colocou em cima do fogão. Limpou uma frigideira preta de ferro e colocou tiras de bacon para fritar. Tinha fome.

A luz da manhã estava matizada, indolente, esverdeada, uma presença móvel nas janelas. A cozinha nadava em uma penumbra subaquática. Quando seu café da manhã ficou pronto, levou-o até a varanda do depósito de lenha para comer à luz do dia. Ao se sentar no degrau, ela percebeu que o urso estava na porta de sua velha cabana e a encarava.

Urso. Logo ali. Encarando.

Ela o encarou de volta.

Todas as pessoas passam por um momento na vida em que precisam decidir se devem ou não enxergar o mundo de maneira platônica, ela pensou. Eu sou uma mulher sentada em um degrau comendo torradas com bacon. Aquilo é um urso. Não um urso de brinquedo, não o Ursinho Pooh, não um urso coala de pelúcia de uma companhia aérea. Um urso de verdade.

Na verdade, metade de um urso, e uma metade não muito grande, porque ele se deitara indeciso no umbral da porta e parte de si mantinha-se escondida na escuridão, de maneira que ela não fazia ideia de seu tamanho. Era apenas uma massa empoeirada de pelo enegrecido na entrada de uma cabana. Tinha um focinho longo e marrom com a extremidade preta, seca e coriácea. Seus olhos eram pequenos e tristes.

Eles se observaram enquanto ela comia, avaliando-se um ao outro. Seus olhos não se tornaram menores quando ele a encarou de frente: sua mirada não era direta e os ângulos de seu crânio a tornavam difusa. Com o focinho longo e castanho e aqueles olhos pequenos voltados para ela, o urso não parecia ameaçador, apenas cansado e triste. Seu único sinal de animação vinha de um estremecimento das narinas cada vez que ouvia o som do garfo de Lou em contato com o prato esmaltado.

A gente tem certas ideias sobre ursos, ela pensou: ou são brinquedos ou são uma espécie de monstro feroz que te segue à distância nas florestas, farejando para te devorar. Mas este aqui é um zero à esquerda.

E então, como a única coisa que ela sabia sobre animais era que tinham uma fome voraz e parasitária – ao que lhe parecia –, dirigiu-se ao galpão e despejou comida seca de um saco para uma bacia que se encontrava ao lado. Em seguida, levou a comida cautelosamente até o urso, que lhe pareceu animar-se um pouco assim que puxou a bacia para si, colocando o focinho lá dentro.

Logo voltou a encará-la mais uma vez, como se pedisse permissão. Não, ela pensou, o que ele quer é que eu vá embora.

Lou o observou de longe enquanto ele se empanturrava ruidosamente. Quando terminou, olhou para ela e lambeu o próprio nariz com uma língua fina e comprida como a de um tamanduá. Depois, lambeu o restante do focinho com uma língua que parecia ter se tornado curta e gorda. Por fim, colocou-se sobre as quatro patas com o que pareceu um grande esforço e avançou na direção dela.

Ela prendeu a respiração e ficou bem, bem quieta, proibindo as próprias pernas de fraquejarem uma segunda vez.

Ao ar livre e sobre as quatro patas, o urso a encarava movendo a cabeça para cima, para baixo e para os lados como se quisesse ter uma visão completa de sua figura. Seu focinho era mais pontudo do que havia imaginado – anos de ursinhos de pelúcia haviam corrompido a imagem que ela tinha guardado, supôs – e seus olhos eram genuinamente feios e suínos. Lou cruzou o jardim e lhe encheu um balde com água.

Ela colocou o balde bem perto dele, muito mais perto do que pensava que deveria ter ousado chegar, mas o urso lhe parecia tão dócil que ela não conseguia ter medo dele, genuinamente. Quando estivera à porta de seu velho galpão, parecera menor. Agora ela podia ver que ele era o que Homer chamaria de um urso de bom tamanho: longo e tão alto que lhe chegava ao quadril; um urso adulto com uma corcunda de bruxa.

Quando o animal se dirigiu ao balde d'água, Lou sentiu um forte cheiro de merda e almíscar. Viu que era um macho, sem dúvida, e que seu traseiro estava coberto de sujeira. Após beber com avidez, o urso se enroscou novamente na porta do celeiro. Parecia estúpido e derrotado. Ela se agachou a uma distância em que ele não poderia alcançá-la e o encarou. Seu nariz era como o de um cachorro, mas mais largo; o focinho era estreito e em decorrência disso seus olhos ficavam bem próximos um do outro. Não era uma criatura bonita – e nunca seria, se continuassem a viver preso àquela corrente.

Ocorreu-lhe por um breve instante que ela poderia restaurar seu brilho, levando-o para passear.

"Urso", ela sussurrou, "quem e o que você é?"

O urso não respondeu, mas virou a cabeça na direção dela com uma expressão de imensurável cansaço, e fechou os olhos. Lou permaneceu sentada por um longo tempo, fumando, tomando café, encarando-o. Uma vez havia levado uns sobrinhos para ver um péssimo filme sobre ursos. E isso era tudo.

Decidiu que aquele era um urso desinteressante, nem um pouco ameaçador. Não era uma criatura selvagem, mas uma mulher de meia-idade derrotada ao ponto do autoengano, do tipo que continuaria a esperar pelo regresso do marido muito tempo depois que o tempo deixasse de existir, e restasse apenas a espera. Ela resolveu que seria, sim, capaz de lidar com ele, e entrou na casa.

Lavou os pratos e passou algum tempo reorganizando os armários da cozinha para adequá-los às necessidades de uma pessoa canhota; ao ver aqueles pratos, exclamou para si mesma como seria possível que naquele lugar a louça não fosse decorada com as tradicionais cenas em azul e branco das cerâmicas orientais. Em seguida, ciente de que qualquer demora a partir daquele momento seria apenas deliciosa procrastinação, moveu-se lentamente pelo arco da casa, da sala ao corredor, até parar aos pés da escadaria.

Uma casa deste tipo em uma região como esta é um absurdo, pensou; muito elaborada, muito difícil de aquecer, não importa o quanto a frenologia de seu projetista a considere boa para o cérebro. Construir um lugar assim no Norte, entre cabanas de madeira e robustas casas quadradas de fazenda, era um sinal de afetação colonialista. Ela estremeceu ao pensar no vão aberto da escadaria durante as ventanias de inverno. Quando vendeu o projeto da casa, Fowler havia recomendado a aplicação de estuque caseiro, que se provou tão duradouro quanto papel mata-moscas. Ele era o tipo de americano sobre o qual somos todos avisados.

Lou subiu em direção à luz, reclamando com seu senso prático sobre as idiotices dos forasteiros. Parou completamente imóvel no topo da escada, inundada por um arroubo de luz solar.

As duas chaminés balizavam a escadaria. No alto brilhava uma enorme claraboia. Para além disso, o segundo andar era um vão. Das oito paredes, quatro continham janelas que iam do teto até à altura dos balcões embutidos; as outras quatro estavam forradas por estantes de madeira com portas de vidro. Havia longos sofás em frente às lareiras e mesas baixas com pilhas de livros no formato fólio. Uma elaborada luminária Tilley de latão pendia sobre o balcão com vista para o rio; persianas de aspecto náutico, feitas de lona, protegiam as janelas.

Daquela janela frontal o rio ganhava outra dimensão. Ela conseguia vê-lo estendendo-se até o canal em seu fluxo preguiçoso.

Permaneceu ali quieta, tocando o telescópio de bronze e couro no parapeito, limpando com os dedos a poeira que cobria os corpos celestes e terrestres gravados nas laterais. Caso os livros fossem todos péssimos exemplares de John Bunyan editados em Boston, ela não queria saber ainda. Dirigiu-se à mesa próxima à lareira norte e abriu um volume com gravuras de ruínas. Piranesi. Contemplou aquelas colunas quebradas por um longo tempo. Depois, aproximou-se da janela traseira, tirou uma mosca morta do balcão vazio e olhou para fora. O urso, lá de baixo, olhava para ela.

Lou caminhou ao redor da sala lentamente, reverenciosamente. Era um mar de ouro e luz verde.

Ela se indagou por onde começar, e se permitiu examinar preguiçosamente as prateleiras tentando compreender o escopo e a ordem dos livros. O que se lhe apresentava era produto de uma mente aguda e talvez típica do início do século dezenove: enciclopédias, histórias grega e britânica, Voltaire, Rousseau, geologia e geografia, especulação geofísica, os filósofos mais práticos, coleções e mais coleções de romancistas. Imaginou se haveria outra biblioteca mais perfeita sobre aquele período. Não havia mais receio algum de que seu trabalho ali não fosse durar todo o verão.

Ela desceu para buscar papéis, a máquina de escrever e seus cartões de arquivo. Sentou-se na biblioteca sem perder mais tempo e digitou uma carta para o diretor dizendo-lhe que tudo estava bem. Em seguida, olhou para o relógio e descobriu que era hora de partir para a loja de Homer.

6.

Ainda estava tentando encontrar o movimento de braço correto para dar a partida no motor quando Homer surgiu na curva do rio e se aproximou dela. Ela o observou à luz do dia: tinha uma cara astuta, óculos redondos em uma armação rosa de plástico, dentes postiços bem falsos e pequenas varizes na altura das bochechas. Ele usava um boné verde de operário e um casacão vermelho. Lou gostava dele.

Depois que ele demostrou novamente o truque que ligava o motor, ela o seguiu pelo canal. Homer lhe gritava da frente que o nível da água estava mais baixo este ano, e disse a ela os nomes dos bancos de areia e perguntou se ela sabia a diferença entre um banco de areia e uma ilha. Tinha que ter ao menos uma árvore para ser ilha. Esse era um detalhe importante aqui no Norte.

"Aquela ilha lá foi onde encontraram, certa primavera, a velha Sra. Bird quase morta entre os onze filhos. Em janeiro, o marido dela havia saído em busca de suprimentos e nunca mais voltara, deve ter caído no gelo. Ela e as crianças sobreviveram ao inverno à base de nabos. Elas estavam bem, mas a Sra. Bird passou tanto tempo hospitalizada que uma ONG de assistência social precisou intervir e encaminhar as crianças para lares adotivos; em toda sua vida, apenas uma voltou para vê-la, apesar de ela ter vivido até os noventa e quatro anos. Muita gente ainda se perde durante o inverno", ele disse, "quando o gelo está quebradiço."

A mercearia de Homer deixava muito a desejar a um paladar sofisticado, mas continha o imprescindível. Em momentos como este, ter sido criada com sopas Campbell e sanduíches de mortadela ou pasta de amendoim deixava Lou feliz. Ele vendia batatas velhas, cenouras cobertas de nós e repolhos murchos, mas o queijo local era de boa qualidade, assim como a manteiga, pálida e cremosa. Homer se desculpou pelos legumes: "Eu tenho que trazer as coisas de Toronto, mas nada se conserva por aqui. Você vai precisar se acostumar com nabos e repolhos como o resto de nós." Ela se regalou com uma dose de xarope de bordo e combinou com Homer para que ele buscasse sua correspondência na cidade mais próxima.

Ele mesmo a serviu. Ninguém mais entrou na loja. Ela conseguia ouvir batidas de porta e vozes vindas dos fundos do prédio, mas não havia nenhum sinal da esposa ou de sua família.

"E o urso, como vai?" ele perguntou.

"Ah, bem, eu acho", ela disse, sem saber o que mais poderia ser dito. "Parece muito infeliz amarrado daquele jeito."

"Não esqueça que é uma criatura selvagem, por mais humano que pareça. Não se deixe levar por pena."

"Será que o levavam para passear?"

"Eu não faço ideia do que diabos faziam com ele, com o perdão da palavra."

"Nadar no rio lhe faria muito bem."

"Eu não brincaria com o assunto. Pode ser que você acabe conhecendo-o da pior forma possível. Eu sei que ele parece pequeno quando fica todo enrolado lá no abrigo dele, mas um urso é um animal de peso. Pode arrancar sua cabeça com só uma patada. Aposto que deve pesar quase trezentos quilos".

"A Sra. Leroy nunca saía com ele?"

Ele sorriu. "Ah, ela era uma figura. Eu a vi algumas vezes com o urso. Costumava levar uma daquelas cadeiras de cozinha para o quintal, sentava e ficava de conversa por horas. Talvez em francês, talvez em cree, eu não conseguia entender. Ela é uma excelente tricoteira, a Sra. Leroy, e quando fazia bom tempo ela sentava lá e conversava e tricotava mais de um quilômetro por minuto. Aqueles dois juntos eram um espetáculo de ver." Os olhos de Homer vacilaram por um instante outra vez. Ele havia pensado em algo, mas não queria dizer.

"Ele não é agressivo, é?", ela perguntou.

"Aquele urso? Credo, não... bem, ele é só um urso velho sem graça, e está preso àquela corrente há tantos anos que não há como dizer o que aconteceria se você o soltasse. Ele pode te matar, como também pode só ficar lá sentado, ou atravessar o quintal e mijar. A Sra. Leroy não fará bom juízo de você se o deixar escapar, muito menos os fazendeiros que vivem ao longo da margem do rio.

Lou prometeu que não o soltaria e pilotou sozinha a lancha de volta para a casa, ao longo do rio silencioso. A água era escura, mas também transparente e de aspecto metálico, muito fria para se colocar a mão e criar um rastro na superfície. Ela guiou entre baixios e ilhas e margens cobertas de junco até sua doca privada, e carregou os mantimentos para dentro da casa isolada.

Naquela noite, subiu ao primeiro andar com um trapo e limpou tinteiros de cristal, porta-canetas e os globos amarelados. Mexeu no telescópio até conseguir ver os confins do rio deserto sob os últimos raios de luz do dia. Em seguida, acendeu a luminária Tilley, colocou um rolo de etiquetas em sua máquina de escrever e começou a imperiosa tarefa de impor uma lógica numérica a um sistema concebido interna e pessoalmente por uma mente que seus números a ensinariam a desvendar.

Trabalhou rápido, a princípio, quase de maneira desesperada. Tinha o pressentimento de uma alegria desconhecida à espreita, um sentimento que poderia ser facilmente tirado dela. Ela precisava ser correta e eficiente. Aquela sensação assemelhava-se ao aroma que perfumava o ar matinal e noturno, esquivo e misterioso. Todo mundo quer ser Robinson Crusoé, mas ser um Robinson Crusoé de meio período é quase insuportável. Se não quero perder essa experiência, preciso encará-la de uma vez por todas, ela pensou.

Após uma hora de trabalho, ela tremia de frio. Desceu, vestiu um pulôver e colocou a chaleira no fogo. No caminho para o banheiro externo ela pôde ver os olhos do urso, verdes no reflexo noturno, seguindo seus passos. Quando cruzou outra vez o quintal em direção à porta traseira da casa, ele se levantou e soltou um grunhido. Lou ficou quieta, deixando seus olhos se ajustarem à escuridão para que pudesse enxergar sua forma escura. Ele se aproximou gentilmente, cambaleante, e olhou para ela com timidez, a cabeça mais baixa que o pescoço. Ao atingir o limite da corrente, sentou-se sobre as ancas e grunhiu feito um porco.

Abrindo caminho por entre as tábuas escuras e ásperas do depósito de lenha, ela entrou e pegou os restos de sua janta. Ele lambeu tudo de uma vez e então olhou para ela de uma maneira que lhe parecera suplicante. Mantendo-se distante tanto quanto possível, Lou estendeu uma das mãos, tesa. O urso a lambeu com uma língua longa, rugosa e curva, mas quando ela tentou passar a mão em sua cabeça, ele se esquivou e afastou-se dela.

De volta ao andar de cima, ela percorreu as estantes com portas de vidro sob a fraca luz, girando amorosamente suas chaves quadradas de latão e retirando, suavemente, um volume aqui, outro acolá. A coleção era muito boa, mesmo que não indicasse qualquer orientação acadêmica, e havia sido mantida pelos descendentes de Cary de modo que cobria o século XIX em três idiomas. Hume. Smollett. Hume e Smollett. Byron, naturalmente, entre outros românticos. Sheridan, Dickens. Thackeray. Eliot. Nenhum Trollope. Mrs. Gaskell. Bulwer-Lytton. Ah, Darwin – mas não uma primeira edição. Jane Austen, é claro. Maupassant. Lamartine. Goethe, Schiller, e muito mais em alemão, embora ela não lesse em alemão.

Aquelas grandes contribuições entre as mulheres, Mrs. Hemans ("O rapaz ficou no convés em chamas...") e Eliza Cook ("Eu amo, eu amo; e quem ousará / Repreender-me por amar essa poltrona velha?"). *Pensamentos noturnos,* de Edward Young. Oh, tantos livros.

Lou havia chegado àquele ofício porque adorava ler. Mas enquanto espiava por dentro das grandiosas estantes, ela se deu conta de como havia lido pouco nos últimos anos. Na maior parte do tempo, lidava com papéis indecifráveis e mapas cheios de anotações. E no tocante aos livros, sua preocupação se voltava sobretudo a aspectos externos de preservação e catalogação. Aqui, ela teria tempo para ler.

Encontrou, deitado de lado, um volume da Penny Cyclopaedia produzido pela Sociedade para a Promoção do Conhecimento Útil, sob direção de Lord Brougham. Ela o tirou da estante e um pedaço de papel flutuou até seus pés.

Segundo o sistema de Lineu, dizia-lhe uma caligrafia minúscula, marrom, lindamente enrolada sobre si mesma, *o Ursus vem entre Mustela e Didelphis. A ordem inclui Arctos, os ursos verdadeiros; Meles, os texugos; Lotor, os guaxinins; e Luscis, os carcajus. Andar: plantígrado. Mastigador; tuberculado. Estatura: grande. Carnívoro, frugívoro. Cauda geralmente curta. Cérebro e sistema nervoso bastante desenvolvidos. Garras para escavação, não retráteis. Sentidos agudos. Ossos cilíndricos mais semelhantes aos do homem do que aos de outros quadrúpedes, esp. o fê-*

mur. Logo, capaz de se erguer e dançar. A língua apresenta um sulco ao longo de sua extensão.

Rins formados por lóbulos como cachos de uva; sem vesículas seminais. Osso no pênis. Nas fêmeas, a vagina apresenta estrias longitudinais. O clitóris reside em uma cavidade profunda.

Faíscas saltavam das toras de cedro. Ela comparou a caligrafia com as amostras em seus arquivos; era, indiscutivelmente, a letra de Cary. Quando a lâmpada começou a falhar, ela foi para a cama e sonhou com o que havia lido no outro lado do papel: viu os Kamchatkans no alto de sua elevada península olhando para ela através de janelas e máscaras de neve que eles faziam com entranhas de urso, e ouviu o assobio da grama cortada caindo cada vez que eles a golpeavam com uma omoplata de urso afiada.

7.

As manhãs na cidade grande existem para serem suportadas, apenas. Não há alvorecer, tampouco escuridão verdadeira. O que existe, depois que a chuva varre as ruas, é somente o som de pneus cantando no asfalto molhado. Aqui, ela acordou outra vez tremendo e ergueu o nariz para o ar como um animal faria. A luz do quarto era de um branco extraordinário. Ela saiu da cama baronial do Coronel e foi até a janela. O mundo estava coberto por uma neve de final de primavera.

Era aquele tipo de neve macia e grossa que deixaria qualquer pessoa entusiasmada – a não ser, claro, que essa pessoa estivesse dirigindo ou quase morta de frio – uma neve acumulada que caía sobre lagartas dos galhos que começavam a verdejar. Farejou mais uma vez o ar; a neve tinha seu próprio cheiro frio. Ela calçou as botas e saiu para urinar sobre a neve, perguntando-se quanto tempo faria desde a última vez em que a tingira de amarelo. Não havia qualquer sinal do urso. Ele se arrastara para seu estábulo para hibernar novamente.

Lou permaneceu do lado de fora, ouvindo. Passarinhos pipilavam. O rio borbulhava entre juncos e pedras. Galhos estalavam, esfregando-se uns contra os outros. Folhas secas farfalhavam sob as patas dos pássaros. Talvez fosse capaz de ouvir também, naquele momento, o urso fungando e roncando em sua casa.

Ela entrou, odiando perturbar aquele precioso silêncio aveludado. Encheu a chaleira, raspando nervosamente a concha d'água contra o balde. Vestiu-se e ouviu o barulho da roupa se rasgando. Meteu os pés nos sapatos e ouviu os cadarços zunirem um contra o outro enquanto os amarrava. Ela raspou a faca da manteiga contra a torrada. Mexeu o café com uma colher tilintante. Nem todo mundo está em condições de viver com o silêncio, pensou.

O urso saiu de seu galpão quando ela sacudiu a vasilha com comida. Com a mesma expressão acovardada, aproximou o prato de si com a pata. Lou estendeu a mão e, desta vez, ele pousou brevemente o focinho em sua palma. Em seguida, virou-se para comer. Ótimo. Começavam a virar amigos.

Ela subiu para fichar e classificar na luz brilhante da manhã. O testamento de Cary deixara claro que os livros não poderiam ser removidos da casa; por isso, o diretor e ela haviam idealizado transformar o lugar em um Instituto de Verão, caso a propriedade se mostrasse adequada. Agora, no entanto, parecia-lhe que o material agregado era todo de fora. O uso do edifício por estudiosos só se justificaria se envolvesse documentos sobre a história local. Ninguém iria se dirigir ao norte de Ontário para estudar a Londres de 1825.

Ou iria? ela se indagou, zombeteira.

A neve continuou a cair dos galhos, atravessando sua linha de visão enquanto trabalhava. Ao meio-dia não havia mais nenhum sinal dela. Lou calçou as botas e saiu para explorar.

Uma coisa óbvia sobre as ilhas, que as pessoas tendem a esquecer após desembarcarem nelas, é que elas são criaturas aquáticas. Esta, em particular, era pequena. A clareira que servia de jardim encontrava-se delimitada por um bosque quase impenetrável. Não havia praia e a vegetação descia até a margem do rio. Ao sul da casa, no entanto, um caminho havia sido aberto até o ponto extremo sul da ilha, e ali, no topo de um dos magníficos bordos do coronel, um cesto de gávea havia sido construído. Ela escalou a escada de madeira e, protegendo os olhos com a mão como um marinheiro de desenho animado, enxergou muito além da foz do rio até os confins do mar interior.

Encontrou uma passagem na vegetação e adentrou a floresta solenemente, como se estivesse invadindo uma igreja estrangeira. O chão era esponjoso, ainda com resquícios brancos aqui e acolá deixados pela neve da manhã, e nele salpicavam e se arrastavam larvas de insetos. Enquanto tentava convencer-se de que não seria possível se perder em uma ilha, ela seguiu caminhando até uma elevação no terreno, escalou a encosta coberta por uma camada humífera e se descobriu de frente para uma pequena lagoa. Bolhas de gás pantanoso ou da respiração de castores subiam preguiçosas de suas negras profundezas. Lou olhou para cima e viu um par de açores no alto de uma árvore morta, mirando-lhe com más intenções. Ela voltou à casa balançando os braços para se exercitar. Desejou que estivesse quente o suficiente para um mergulho.

Subiu para trabalhar. Era, afinal de contas, uma pessoa confiável, ainda que parecesse preocupar-se pouco com o que acontecia ao seu redor. Sentou-se à escrivaninha e passou a registrar o que havia para ser registrado. E então, de alguma forma, porque começara a se perguntar como ele reagiria à neve, Lou começou a pensar no urso.

Sua enormidade, ou melhor, sua capacidade de controlar a impressão que dava de seu tamanho, a intrigava. Ontem ele ficou me encarando como um casaco de peles, ela pensou, e hoje está mais parecido com uma espécie de guaxinim. Dirigiu-se à janela para ver com o que ele estaria parecido agora e ouviu um tipo de som muito estranho: um murmúrio ou lamento. Do alto de seu ninho, todavia, ela não conseguia ver coisa alguma.

Foi ao térreo e saiu pela porta traseira. Logo ali, na varanda, estava sentada uma mulher muito, muito velha. Ela balbuciava e cantava para o urso.

Era uma velha indígena, semelhante à mulher que costumava vender doces azedinhos a dez centavos o pacote quando Lou era criança, uma velha bruxa desdentada coberta por várias camadas de cardigãs e usando tênis de corrida de quem Lou comprava os doces e sua mãe dizia que era um desperdício de dinheiro, que aquilo era uma forma de mendicância. Ela balbuciava alguma coisa para o urso, que se deitara meio dentro meio fora de seu abrigo e a observava de perto. Um de seus olhos piscou uma vez.

Lucy Leroy olhou em volta, quase imediatamente. "Alô", ela disse, estendendo a mão mirrada e sorrindo com as gengivas sem dentes. Ela era apenas couro e osso. Lou imaginou seu corpo por baixo das roupas velhas presas por alfinetes, imaginou as rugas e pregas, as velhas tetas murchas: eu vou ficar assim, foi o que pensou.

Mas os olhos da mulher estavam vivos como ostras. Ela segurou a mão de Lou. "Nova senhora", ela disse. "Nova senhora. Urso bom. Urso bom."

"Eu não ouvi seu barco."

Lucy sorriu um riso desconcertante, sem largar a mão de Lou.

"Urso bom", ela disse. "Boa senhora. Cuida do urso."

"Eu não acho que eu saiba como cuidar dele", respondeu com certa modéstia citadina.

Os olhos de Lucy se engelharam. "Urso bom", ela disse. "Urso amigo. Eu já fui jovem garota. Vim de Swift Current. Casei, mudei pra cá. Agora moro em Neebish. Ele é urso bom. Tenho cem anos de idade. Posso ler. Frequentei escola missionária."

"E o urso?"

O rosto de Lucy se contorceu com uma alegria inconcebível. Não parecia ter cem anos, parecia eterna. "Caga com o urso", ela disse. "Assim ele gosta de você. Pela manhã, você caga, ele caga. Urso vive por cheiro. Vai gostar de você."

Lou conteve o calafrio e ouviu o motor de uma lancha. Lucy se levantou. Ela mal chegava à altura dos seios de Lou. Era uma velha toda curvada. "Aquele é o Joe. Eu vou."

Num estalar de dedos, ela havia partido. O urso não se moveu, Lou tampouco. Ela nem teve tempo para isso. Lucy tinha ido embora, e isso era tudo, cem anos de idade, brilhante, desdentada, e já sumira. Uma lancha acelerou à distância.

Lou se agachou e olhou para o urso. Ela lembrou do banheiro externo com suas tampas esmaltadas decoradas com babados. Pensou nos banheiros europeus com dois buracos para firmar os pés e uma retrete no chão. Olhou para urso e começou a rir. Ele, por sua vez, parecia que também estava rindo.

8.

Quando Lou saiu da casa na manhã seguinte, o sol aquecia de verdade, como se tentasse compensar a aberração da neve fora de época. Ela permaneceu uns minutos sob o sol e se espreguiçou, o calor varrendo sua pele através do pijama. Após pensar por um momento, aproximou-se cautelosamente da cabana do urso, agachou-se encostada em uma de suas paredes e, com alguma dificuldade, colocou o intestino para trabalhar. O urso, deitado com o corpo dentro do abrigo e a cabeça ao sol, movia apenas as narinas.

"Vamos", ela disse quando concluiu o ato humilhante. "Vamos." Puxou a corrente e a desenganchou do poste. Num primeiro momento, ele não respondeu; em seguida, colocou-se de pé, cambaleante. Quando ela puxou a corrente com mais força, ele começou a segui-la. Torcendo para que ele não se pusesse a correr e a arrastasse fatalmente atrás dele, Lou o levou até a água.

Ele estava nervoso e submisso; em nenhum momento a corrente se retesou. Livrou-se das botas, levantou a parte de baixo do pijama e o conduziu gentilmente para dentro da água. O urso se sentou e esfregou o traseiro emaranhado e sujo contra as pedrinhas do fundo. Então soltou um gemido suave e baixou a cabeça para beber. Terminou e olhou para ela em busca de um sinal. O que ele deveria fazer agora? Lou viu que seus pés estavam ficando azuis e saiu da água logo atrás dele para a grama nova e quente. Ele puxou a corrente e continuou seguindo, depois mudou de ideia e voltou para o lado dela.

Esta primeira pequena rebelião foi, para Lou, um retorno à vida, e ela se alegrou com isso. Relaxou o controle sobre a corrente, sem soltá-la. Ele se abaixou novamente na água rasa e com um grande estremecimento provocou ondas ao seu redor. O rabo curto abanava. Adentrou mais o rio e golpeou as águas com as patas dianteiras. Ela receou, por um momento, que ele se afastasse, mas não, quando alcançou o limite da corrente ele retornou sem resistência, relaxado, e sentou com as costas viradas para ela, cheirando o ar ao redor. Tomada por um impulso, Lou pegou água com a concha das mãos e a derramou sobre ele, que se sacudiu e estremeceu. Ela poderia ter gritado de alegria.

Depois, na margem, ele se sacudiu outra vez e a molhou inteira. Ela riu, soltou sua corrente por completo e correu até a casa. Encontrou uma escova velha no galpão, sentou-se e limpou seus pelos. Que mãe eu sou, ela pensou.

À tarde, outro pedaço de papel caiu de dentro de outro livro:

Tabela de Longevidade:

Ornitorrinco	10 anos
Chimpanzé	40 anos
Castor	19 anos
Marta	15 anos
Lobo	16 ½ anos
Urso pardo	34 anos
Leão	30 anos
Elefante	69 anos

Ela observou a nota, virando e revirando o pedaço de papel. Quer dizer então que Cary escrevia pequenas curiosidades sobre ursos. Pelo amor de Deus, se ao menos aquele maldito egoísta tivesse escrito notas sobre outros assuntos também. O Instituto não precisava de uma casa bacana com uma coleção de trivialidades do reino animal, mas material que pudesse preencher as lacunas da história sobre os primeiros povoamentos na região. Não havia qualquer documentação de pesquisa sobre aquela área entre o período da visita dos jesuítas e o recenseamento de 1878, e ali estava o coronel mandando seus bilhetinhos sobre – ursos! Ela teve vontade de pegar cada um de seus livros e sacudi-los até que as lombadas caíssem. Ao invés disso, arquivou e datou a nota cuidadosamente, marcando o envelope com o título do livro do qual caíra. Talvez um dia quando estivesse bem velha, ela retornaria à casa para descobrir um acróstico místico formado pelas datas e títulos dos livros e se convenceria de ter encontrado o segredo da vida.

"Cary, seu velho vagabundo", Lou se descobriu dizendo, olhando seu retrato sobre a lareira. Por trás do vidro empoeirado – o escarlate da túnica desbotado em rosa, as bochechas rosadas como de bonecas, o espaço entre os olhos erodido pelos raios solares, olhos negros ainda brilhantes –, a figura esguia e elegante do coronel a encarava de volta.

Quando ela se virou para olhar pela janela, pensou que os olhos dele a acompanhavam e por um momento imaginou-se em seu lugar, avançando corajosamente pelo Novo Mundo, o romance *Atala* debaixo de um braço, *Oroonoko* e os manuais de Lancelot "Capability" Brown sob o outro. Às pressas, consultou as anotações da neta de Cary: "O coronel John William Cary recebeu uma educação tanto clássica quanto militar na Royal Military College, em Great Marlow, e continuou com o hábito de estudar mesmo quando estava no exterior. Tornou-se, assim, suficientemente instruído para manter conversas inteligentes com Byron em Malta. Enquanto seu regimento esteve alocado na região que hoje se chama Itália, importou livros da Inglaterra pagando preços altíssimos. Ele era daqueles que gastavam fortunas com livros, a despeito das necessidades mais prementes. Sua esposa se ressentia dessa paixão."

Aposto que sim, Lou pensou.

Ursos Arctos, ours, orso, Bar, Bjorn: *habita as regiões montanhosas dos Alpes, Pirineus e do Círculo Ártico. Assim como Sibéria, Península de Kamchatkan e América do Norte. Os lapões o veneram e o chamam "Cão de Deus". Os noruegueses dizem que "o urso tem a força de dez homens e o juízo de doze". Eles nunca o chamam por seu nome verdadeiro para que não destrua suas colheitas. No lugar, se referem a ele como* "Moedda-aigja, senem cum mastruca", *o velho com o manto de pele.*

Olhou através da janela dos fundos. "Saudações ao meu povo", ela disse. E voltou ao trabalho.

Eventualmente, chegou um daqueles fins de semana prolongados por feriados. Em pouco tempo, a enseada se encheu de lanchas e sinais de fumaça subiam das outras ilhas. Lou se sentiu invadida, ainda que ninguém houvesse parado em sua doca. Uma tarde, ela sentou no gramado em uma espreguiçadeira e fingiu não reparar quando os pescadores lhe acenavam. Naquela noite, viu fogos de artifício sobre a água e pensou ter sentido o cheiro de um milhão de marshmallows assados. Imaginou Cary desdobrando uma bandeira desbotada da Grã-Bretanha no aniversário da rainha. Ele deve ter considerado Vitória um avanço em relação a sua predecessora, a Rainha Carolina, ainda que desaprovasse o puritanismo que se alastrava até ali, até aquele meio do mato onde se encontrava.

Estabeleceu uma rotina. Pelas manhãs trabalhava e à tarde desaparecia pelo bosque para caminhar sobre tapetes de trilliums e pequeninos lírios amarelos; hepáticas e *cornus canadensis*. As tílias estavam carregadas de folhas imensas. Muitas vezes, usando um lenço na cabeça e luvas para se proteger contra as moscas, ela perambulava perto da lagoa dos castores. Os açores continuavam a observá-la do topo de um olmo descascado, com aqueles olhos impenetráveis.

Nos dias quentes, ela levava o urso até o rio. Ele não demonstrava qualquer entusiasmo canino quando ela o buscava, apenas seguia docilmente à medida que ela puxava a corrente. E então, na água, sentava como um bebê míope desfrutando placidamente seu retorno a uma existência líquida.

A cada semana Homer trazia sua correspondência; a cada semana ela fazia compras na loja de Homer. E nas noites agora mais longas, deslizava ao longo do canal fazendo com que garças e narcejas levantassem voo por entre os juncos. Uma vez, dirigiu até uma cidade vizinha para comprar whisky e carne fresca. O governo havia inaugurado uma loja de bebidas em um trailer branco e laranja.

Trabalhava pela manhã e à noite, com menos eficiência do que se estivesse trabalhando no escritório porque, pelo menos desta vez, enfim, ela tinha prazer em fazer as coisas a seu tempo, sem pressa.

Um início de noite, levou o jantar para comer do lado de fora, ao sol, nos degraus do alpendre junto ao depósito de lenha (a escuridão da cozinha parecia indicar que qualquer que tenha sido o Cary responsável pela construção da casa, certamente ele não havia consultado a esposa). O urso sentou-se perto dela o mais próximo que a corrente lhe permitia. Lou desprendeu a corrente do poste e ele veio se deitar aos seus joelhos. Ela estendeu as mãos e afagou sua nuca. A pele em torno do pescoço estava relaxada e seu pelo era grosso, muito grosso, e começava a brilhar por conta dos banhos. Ele a encarava com sincero interesse, balançando a cabeça de um lado para o outro como se não conseguisse enxergá-la com ambos os olhos ao mesmo tempo.

Mais tarde, voltou ao primeiro andar outra vez. Estava profundamente absorta na classificação de uma série de manuais vitorianos de História Natural quando ouviu barulhos estranhos vindos do térreo e congelou; paralisada, segurou a respiração. Uma porta rangia se abrindo.

Por um momento, indefesa, ela sentiu pânico. Em seguida, sem saber bem por quê, relaxou um pouco. Uma espécie de arranhado acompanhava os passos que avançavam: garras estalavam em contato com o piso de linóleo da cozinha.

Ela o ouviu saciando a sede na água do balde esmaltado.

Do topo da escadaria, Lou viu o urso na escuridão embaixo olhando para ela. "Volte para a cama", ela disse.

Suas grossas pernas subiram as escadas em direção a ela. Lou se retirou para sua mesa de trabalho e sentou-se nela, curvando-se em direção à janela.

Dentro da casa ele parecia realmente muito grande. Ao chegar ao topo da escadaria, ergueu-se em toda a sua altura naquela postura com as patas penduradas que tantas vezes leva o urso a ser comparado ao homem: um cruzamento entre um rei e uma marmota, ela pensou enquanto ele movia a cabeça estupidamente em torno de si. Ele então levantou a mão em saudação ou bênção e voltou a ficar sobre as quatro patas novamente. Contornou a extremidade da parede da chaminé e deitou-se deliberadamente em frente ao fogo.

Esse aí já andou por essa casa antes, ela pensou.

Lou acercou-se cautelosamente enquanto ele se remexia como um cachorro tentando ficar confortável. "Olha", ela disse a ele, "você é muito cara de pau."

O ambiente parecia mais escuro agora. Ela acendeu uma lâmpada extra. O urso olhou para cima quando o lampião sibilou até começar a brilhar e então colocou a cabeça entre as patas dianteiras e pareceu cochilar.

Lou logo descobriu que era impossível digitar de costas para ele. Não parava de cometer erros. Por essa razão, serviu-se de uma bebida, apanhou um livro e se acomodou no sofá ao lado do urso, pensando no aviso de Homer: "É um animal selvagem, no fim das contas."

Havia escolhido uma biografia de George "Beau" Brummell. Talvez a melhor forma de chegar a Cary fosse através de seus contemporâneos, ainda que ela não conseguisse imaginar o dândi inglês vivendo naquele mato ermo tanto quanto o próprio Brummell não teria sido capaz de prever seus últimos dias no exílio, sujo e insano entre as freiras de Calais.

O livro reunia as piores características das biografias pós-vitorianas. Pomposo e especulativo, mal pesquisado, sem índice remissivo. Em certo sentido, o mundo havia melhorado, ela pensou, e em sua cabeça um turbilhão de estudiosos remexia cada fato, esclarecendo e devassando a vida do dândi que inventara a gravata e cujo orgulho havia sido tão obsessivo que o levara a insultar o rei. Cary poderia tê-lo conhecido, ela deduziu. Ambos estavam em Londres depois que a guerra terminou. Caso tivesse jantado com um amigo oficial no White's e lá encontrasse Brummell, teria Cary esnobado o homem que se recusara a servir seu país em Manchester ou teria feito pilhéria do caso e apertado sua mão? Talvez tenha lhe bastado uma olhada no dândi para decidir emigrar naquele mesmo instante.

O fogo resplandecia. O urso dormia ofegante, ocasionalmente fazendo piscar o olho voltado para a lareira. Lou começou a sentir calor, removeu os sapatos chutando-os para longe e se descobriu esfregando os pés descalços sobre sua pelugem grossa e macia, explorando com os dedos aquela pele e descobrindo mais e mais profundezas, camadas e mais camadas.

"Beau" dominava as duquesas. "Beau" ascendia socialmente a qualquer custo. Lou tanto o desprezava quanto o achava admirável. O senso de perfeição que tinha de si mesmo nunca se quebrara, nem se dobrara frente a fatos e circunstâncias.

Sorte a dele nunca ter se casado, ela pensou: teria achado a vida doméstica miserável. O oficial de cavalaria Brummell que não iria lutar em Manchester (não por razões liberais, recusando-se a esmagar uma revolta popular, mas porque cavalheiros não pisavam em Manchester), que não tinha o menor apreço pela realidade, que inventou a gravata e colocou a higiene pessoal no centro da moda... Francamente!

Lou olhou para Cary e para o urso e se sentiu de repente extraordinariamente feliz. Os mundos mudavam. Dois homens em uniformes escarlate, dois homens que haviam vivido bem; nem ricos nem muito bem-nascidos, ambos, ela tinha certeza, arruinados no final da vida. Ela se sentiu vitoriosa sobre eles; sentia-se herdeira daqueles homens: uma mulher esfregando o pé na grossa pelagem negra de um urso era mais do que eles poderiam ter imaginado. Maior, até mesmo, que uma vitória militar: puro esplendor.

Bobagem. Uísque demais. Ela se levantou e apagou a lâmpada extra. Era hora de ir para cama. Cary e Brummell não precisavam de sua piedade ou de suas vitórias. Cary não acabara arruinado: aquela era sua casa e Lou estava nela. Absurdo. Como era tola!

"Vamos", ela disse bruscamente para o urso. Colocou a tela protetora em frente ao fogo e apagou a luminária Tilley. O urso se levantou e bocejou, movendo-se sonolento à frente dela, suas ancas balançando desajeitadas enquanto descia as escadas. Ele saiu pela porta dos fundos sem olhar para trás. Ela trancou a porta e bombeou um balde de água limpa para si mesma. Foi para a cama.

9.

Na manhã seguinte, ela sentou ao sol mastigando o café da manhã e tiritando de frio porque o tempo havia piorado consideravelmente. O urso, como de costume, estava deitado na entrada de seu estábulo olhando para ela. No que será que ele pensa?, ela se perguntou.

Lou tinha lido muitos livros sobre animais quando era criança. Crescera à base dos choramingos alegres de Beatrix Potter, A. A. Milne e Thornton W. Burgess; passara então para Jack London e Thompson Seton – ou seria Seton Thompson? – cujas páginas dos livros traziam, nas margens, pegadas de animais. Archie Grey Owl e o maldito Sir Charles Roberts de quem sua avó tanto gostava. A vida selvagem e os passos furtivos haviam dominado o imaginário daquela geração, assim como animais vestidos com roupas antropomórficas de tiranos, heróis, sofredores, boas criancinhas, donas de casa fofoqueiras. Houve um tempo em que parecia impossível que o mundo dos pais e bibliotecários fosse habitado por outras criaturas além de animais e elfos. A alternativa mais fácil, talvez, desde que Freud revelara ao mundo a sexualidade infantil.

No entanto, ela não tinha qualquer convicção de que escritores e compradores desses livros tivessem alguma ideia sobre o que os animais queriam ou pensavam. Ela não fazia ideia alguma do que os animais pensavam ou queriam. Eles eram criaturas, não eram humanos. Lou supôs que suas funções fossem definidas pelo tamanho, pela forma e pela complexidade de seus cérebros. Ela supôs que levavam vidas psíquicas vagas, vacilantes e inarticuladas também.

Ele, ela viu, estava deitado no sol fraco com a cabeça apoiada sobre as patas. Isso não lhe dava qualquer indicação que a levasse a especular sobre seus sofrimentos. Que preferisse pijamas listrados ou com bolinhas. Ou que ele algum dia escreveria um livro sobre humanos talhados por pensamentos ursomórficos. Um urso é muito mais uma ilha do que um homem, ela pensou. Ao menos para os humanos.

A noite anterior: o horrível deslizar de suas patas no linóleo, como mudou de estatura no topo da escada. Ela se encolhera, literalmente se encolhera, afundando no recanto da janela. Se estivesse de pé, suas pernas teriam tremido novamente. Ele era mais baixo do que ela, não muito além de um metro e meio de altura, mas era imensamente denso, com o peito profundo e as extremidades amplas. Seu braço estendido tinha o dobro da circunferência do braço de um homem.

Garras não retráteis, as dele: Lou encarou o urso com respeito e um resíduo de medo.

O que será que a velha Lucy Leroy dizia ao urso?

Como ele conhece o caminho até o andar de cima?

Não, de volta ao início: como e em quê ele pensa?

O barulho do garfo em seu prato pareceu acordá-lo de seus devaneios. Ele se levantou lentamente e se arrastou na direção dela, movendo a cabeça com aquele jeito de cobra que lhe parecia natural. Lou se deu conta de que ele ainda estava solto e ergueu-se nervosa pensando "não quero que ele sinta o cheiro do meu medo". Aproximou-se e acariciou sua cabeça. Ele lambeu sua mão uma vez e retornou a passos lentos para o estábulo. Ela não teve dificuldade em encaixar de volta a corrente no elo de seu colar.

Independentemente do que passe por sua cabeça, ele se comporta muito bem, ela concluiu, subindo os degraus para voltar a trabalhar.

Encontrou o livro da noite anterior sobre Beau Brummell no sofá. Pareceu-lhe loucura querer arrastar o dândi inglês para o meio da história daquele lugar, longe das tardes de chá com a Duquesa Fulana de Tal que amava cachorros e dos clubes e banquetes onde o fel absoluto que destilava lhe garantia autoridade suprema. Não obstante, este belo gramado em declive, as árvores magníficas que se estendiam ao longo da margem do rio e a vista cuidadosamente calculada do topo da casa eram produtos de seu tempo e lugar de origem, pois assim como Blake e Wordsworth, Cary e Brummell haviam desejado uma vida melhor. O pirralho egoísta que tentava atrair a atenção do soberano em Eton e o jovem oficial ardendo em febre sentado numa latrina em Malta sonhando com mapas estavam tão contaminados de romantismo quanto os poetas que eles desprezavam por pertencerem às classes mais baixas. E vejam só aonde suas aventuras os haviam levado.

Ela deu a si mesma uma manhã de trabalho duro. Ao meio-dia, o céu abriu. Chovia como se nunca tivesse chovido antes: a cântaros, grossos lençóis de água cinza. Trovões rolaram e relâmpagos rasgavam os céus. O céu estava cinza escuro. O rio largo se nivelava e enrugava para receber as gotas de chuva. A névoa começou a subir. Ela podia ouvir o gramado se transformando em um atoleiro.

Lou foi até a janela de trás e olhou para o abrigo do urso. O quintal era um mar de lama e ela conseguiu enxergar, ainda que vagamente, seus olhos brilhando na escuridão. Não posso trazê-lo para dentro de casa esta noite, pensou.

A chuva tamborilava no telhado e caía em cascatas pelos beirais. Ela não conseguia lembrar de já ter visto tanta chuva, salvo na Inglaterra. Perguntou-se se havia algum para-raios acima da claraboia. Era um milagre que não estivesse vazando água por ali.

Sentiu vontade de urinar por causa da chuva. Ela desceu e encontrou, como esperava, um penico com tampa esmaltado de rosa na mesa de cabeceira. E o usou com gratidão. Em seguida, resistiu à vontade de rastejar para dentro do saco de dormir e tapar os ouvidos com as mãos. Imaginou, carinhosamente, o urso em seu saco de dormir com as patas sobre os ouvidos. Ele não tinha pretensões de classe média ou fachadas para manter, nem para si mesmo. Lou foi até a cozinha e começou a preparar uma panela de sopa.

Mais tarde, a chuva parou de repente. O sol saiu e brilhou por entre as árvores, transformando sua visão a partir da biblioteca em um espantoso túnel verde. Ela calçou as botas e desceu até o rio. A lancha estava meio afundada. Decidiu que depois cuidaria do problema. Agora ela desejava ouvir o universo ribeirinho sacodindo a chuva de suas asas.

Uma narceja soltou um grito sinistro. Um bando de andorinhas que retornava despencou do céu em uma manobra impetuosa. Um peixe saltou e, a seus pés, ovas de rã brilhavam ao sol.

IO.

A manhã seguinte fez calor. Lou levou o urso até o rio, prendeu sua corrente em um prego no cais e pulou nua na água ao lado dele. Ele parecia enorme, com o pelo alternadamente se espicaçando e ficando colado à pele como uma foca. Ela nadava cachorrinho ao seu lado, lançando pequenas ondas em sua direção. O urso golpeava a água com as patas em resposta.

A água estava gelada. Estava prestes a nadar até a praia quando ele, brincalhão, nadou por baixo dela e então, com um giro repentino, tentou saltar-lhe por cima. Ela afundou debaixo d'agua e abriu a boca para gritar. Sufocada, tentou subir à superfície, mas o urso se encontrava logo acima dela. Por um instante Lou pensou que havia se afogado; então encontrou ar e coragem suficientes para impulsionar-se os poucos metros que a separavam da praia, onde se jogou na margem encharcada, insurgente e ofegante.

Logo sentiu a tremenda chuva de respingos provocada pelo animal que se sacudia ao seu lado. Pouco depois, ele começou a lamber suas costas molhadas de cima a baixo com a língua longa e enrugada. Foi uma sensação curiosa.

Muito mais tarde, ela se forçou a voltar ao trabalho, pois não havia qualquer razão para ficar à toa saboreando o medo. Sentia-se, no entanto, abalada, e a sensação de ter escapado por pouco da morte se agravava com a lembrança do dia em que, durante uma crise de solitário desespero, ela havia abordado um estranho na rua. Lou ainda se esquivava da lembrança de como aquele homem acabara não sendo um bom homem. Seguramente o urso… Não: era o medo. O medo conectava os dois episódios, o medo e a fuga.

Um livro, um livro. Sempre que coisas assim acontecerem, escolha um livro. Um papel caiu flutuando:

No País de Gales, o urso era considerado animal de caça. O nome Pennarth significa cabeça de urso.

Item: quando Sua Senhoria estava em casa, costumava entregar anualmente a quantidade de xx xelins ao guardião do urso que vinha no Natal com as feras de Sua Senhoria para que servissem de passatempo para os dias mencionados.

— Livro de administração da residência do Conde de Northumberland.

Os esquimós acreditam que a alma de um urso polar ferido se demora por três dias perto do local onde ela abandona o corpo. Muitos tabus e cerimônias propiciatórias estão imbricados no que diz respeito ao corte da carcaça e ao consumo da carne.

Para os lapões, o urso é o rei dos animais. Caçadores que o matam devem viver três dias em completa solidão, do contrário são considerados impuros.

"Ele não estava me atacando, estava apenas brincando comigo!" ela falou alto. A ideia do urso acossado, ferido, perseguido, lhe causava agonia. "Ah, Deus, livrai-lhe de todo mal!" ela se ouviu dizendo. Fazia anos que não orava.

II.

Homer veio no dia seguinte acompanhado do filho, Sim, de um motocultivador e sementes. Lou se esquecera que ele havia prometido ajudá-la a começar uma horta.

Ao norte da casa, uma pequena trilha no bosque levava até uma clareira cheia de fungos e hera venenosa.

"Aquelas framboesas lá", ele disse, "você já pode podar os arbustos. São incomparáveis, as framboesas daqui. Dizem que foi o velho Coronel Cary quem as trouxe. Você não encontra dessa qualidade no sul. Uma coisa sobre framboesas: elas adoram cinzas de madeira. Sim vai podar aqueles arbustos pra você – dá pra ver que você não é muito de jardinagem – e em meados do verão você terá framboesas de primeira qualidade. E fique de olho também nessa área durante o verão: aparecem muitos aspargos silvestres. São pequeninos e estreitos. As pessoas por aqui chamam simplesmente aspargos mesmo. Sempre que encontro um punhado de aspargos silvestres eu tiro o chapéu para Cary e agradeço a ele, porque sei que trazê-los para cá foi obra do coronel. Gosta de cogumelos?" Ele ficou olhando para ela, olhos brilhando, um estranho sorriso de vendedor no rosto.

"Claro."

"Há cogumelos do tipo morchella no bosque. Morchellas de maio. Já esteve no bosque lá atrás?"

"Apenas do outro lado, na lagoa dos castores."

"Ah, ali é só pântano, mas desse lado de cá, ele costumava manter um pomar de macieiras, sabe. Agora o Sim e eu vamos limpar e lavrar essa parte pra você, e você pode ir lá atrás no bosque catar uns cogumelos. São feiosos, eles, mas bons de comer. Basta fritá-los na manteiga. Deve ser por causa deles que eu nunca me empolguei com margarina, tanta coisa que fica gostosa com um pouco de manteiga ou gordura de bacon não dão certo com margarina. Depois que a gente cavar você pode distribuir a terra como achar melhor, e se for esperta e sem frescura vai pegar um pouco de esterco lá da cabana do urso – ah, eu vi vocês, sei que passeia com ele e consegue amarrá-lo do outro lado do jardim, os dois estão se tornando grandes amigos – e adubar esta terra aqui com ele. Estrume de galinha seria melhor, mas cavalo dado não se olha os dentes. Por volta do final da semana, já pode colocar as sementes. Vai perder algumas para os coelhos, mas ainda assim você deve conseguir uns feijões, repolhos e ervilhas. Há estacas no galpão se quiser proteger a horta.

"Nabos e batatas – era disso que os antigos moradores costumavam se alimentar –, mas você não vai ficar por aqui tempo suficiente para esperar por eles, suponho."

O resto do que ele tinha a dizer foi abafado pelo som de Sim usando o motocultivador, uma máquina que fazia mais barulho que uma centena de lanchas. Ela correu para a mata e descobriu velhas macieiras pretas e retorcidas e dúzias de estranhos falos em decomposição que eram os tais cogumelos. Lou considerou cozinhá-los para Homer e Sim, o rapaz silencioso e de aspecto albino, mas de repente a barulheira cessou, eles acenaram adeus e partiram em direção ao crepúsculo.

Ela preparou e comeu seus cogumelos, que lhe pareceram bons – tinham o sabor que as trufas deveriam ter segundo os livros, mas que na vida real nunca tinham – e subiu as escadas para passar a noite lendo, bebendo uísque escocês e chupando um pirulito que Homer havia colocado em sua sacola de mantimentos e sementes como agrado. Já passava muito da meia-noite quando ela foi para a cama, nem um pouco mais sábia após a leitura de um livro que pretendia reconciliar o *Gênesis* e *A Origem das Espécies*.

12.

Os longos dias quentes agora lhe ensinavam o significado de serendipidade. Ela semeou a horta com cuidado e em seguida, sem pensar duas vezes, levou o urso para fuçar o canteiro dos cogumelos, onde ele cavoucou a terra em uma espécie de êxtase, cavando, farejando e, de vez em quando, erguendo os olhos débeis na direção dela para logo voltar ao trabalho como se não houvesse tempo a perder. Mais tarde, Lou o levou à beira do rio, onde ele se sentou na água como uma mulher de quadris largos, arrastando o traseiro nas pedras.

"Eu te amo, urso", ela disse.

Naquela noite, os passos pesados do urso subindo as escadas não a perturbaram. Que ele venha. Pegara um livro e estava preparando o cartão de identificação correspondente. Tinha acabado de sacudi-lo gentilmente e um pedaço fino de papel havia caído dele. Lou estava inclinada para apanhar o papel quando ouviu o urso na escada. Seus olhos se encontraram perto da chaminé.

"Vá se deitar", ela disse, e foi o que ele fez.

A irmandade de Santa Úrsula tinha 11 mil ou 71 mil virgens. Ver: nota de Selder sobre o oitavo canto do poema Polyolbion *de Drayton. A Ordem das Ursulinas, fundada em Paris em 1604 por Madame de Sainte-Beave, foi formada para socorrer os pobres e educar a jovem Úrsula e seus filhos a povoarem o céu.*

No verso do papel havia uma receita de tinta.

O urso repousava junto à lareira. Ela levantou a cabeça e fechou os olhos, pensando nos outros pedaços de papel que tinham saído dos livros. Lembrou do que havia dito Homer: "Eles sempre tiveram um urso". Pensou na mãe de Byron, lutando em vão atrás de dinheiro para manter a Abadia de Newstead e alimentar o urso. Lou olhou para o animal. Estava ali parado, sólido como um sofá, familiar, praticamente um tapete de urso. Ela se ajoelhou ao lado dele. Ele cheirava melhor do que antes de começar a nadar, mas o cheiro essencial ainda estava lá, um odor almiscarado tão estridente quanto a nota aguda de uma flauta doce.

Seu pelo era tão grosso que metade da mão dela desaparecia ao tocá-lo. Massageou seus ombros curvados. Uma estranha paz lhe invadiu ao se sentar ao lado dele. Era como se o urso, à maneira dos livros, conhecesse gerações de segredos; mas ele não tinha a menor necessidade de revelá-los.

Metodicamente, porque os arroubos da paixão não são compatíveis com o exercício bibliográfico, ela terminou de catalogar o livro no qual estava trabalhando. Fez uma pequena marca de uso particular no cartão para indicar que um recorte de urso havia sido encontrado nele, e começou um novo cartão onde indicou em qual página e livro o pedaço de papel havia sido descoberto. E, curiosamente, hora e data.

Passou o resto da noite fazendo cartões semelhantes para os demais pedaços de papel, embora não conseguisse atribuir com precisão as datas e horas em que os encontrara. Perguntou-se, enquanto trabalhava nisso, por que estava fazendo aquilo; se estaria, talvez, tentando construir uma espécie de I Ching para si mesma. Não: ela não acreditava em processos não racionais, era uma bibliógrafa, disse a si mesma. Ela simplesmente queria que o registro fosse preciso.

Foi para a cama ao amanhecer, mas antes serviu o café da manhã do urso e o acorrentou ao poste no quintal. Assim que ele chegou ao jardim, agachou-se e fez um cocô enorme que fumegava no frio da manhã. Lou observou o rosto dele enquanto suas entranhas se moviam, meio divertida consigo mesma por estar procurando emoção onde não havia nenhuma. Ela não tinha nada para contribuir.

Dormiu até o final da tarde e à noite. Trabalhando sozinha no andar de cima sem seu amigo, encontrou um pedaço de papel que dizia: *Conta uma lenda dos povos eslavos orientais, os Rutenos, que Waldo, um príncipe perdido, foi salvo da ignomínia por um urso cujos excrementos eram ouro.* Criou um novo cartão para esta nota.

Na manhã seguinte, novamente ajustada aos horários normais, acordou muito bem disposta. Permaneceu deitada por um momento para desfrutar da luz, depois foi até a porta para provar o sol. Fazia calor e a ilha de súbito estava infestada por enxames de moscas negras e mosquitos. Lou recuou, deu um tapa em si mesma e se vestiu.

Enquanto tomava café da manhã ao ar livre, mantendo-se fiel à tradição de fazê-lo na companhia do urso, tentou se lembrar qual seria a expectativa de vida daquele tipo de mosca. E decidiu que não havia o que lembrar porque ela nunca o soubera. Talvez até o meio de julho. Estava tentando resolver se consideraria as moscas negras um bom sintoma da vitalidade do Norte, um sinal de que a natureza nunca se daria por vencida, de que mesmo que o homem se comportasse de maneira predatória e implacável havia algo que não poderia controlar, quando um bicho do tamanho de uma mosquinha de frutas arrancou um pedaço de sua canela através da calça. Sua perna escorria sangue. Ela foi para dentro.

Voltou a sair, dessa vez emplastrada de loção antimosquito, para que o urso não ficasse desapontado (pois ela havia descoberto que podia pintar qualquer rosto nele, ainda que sua capacidade expressiva real permanecesse um mistério) e o levou até a parte mais rasa do canal, onde a água estava morna. Lá, enquanto ele nadava no extremo da corrente, bufando de surpresa sempre que alcançava o fim de sua liberdade, ela permaneceu sentada espantando os insetos, com as pernas debaixo d'água e um suéter com capuz por cima. O urso sentou-se nas pedras brilhantes e distribuía golpes quando enxames de mosquitos invadiam seus olhos e narinas.

"Ai, urso", ela riu, "que par nós formamos." Ele se virou e, com toda a certeza, sorriu.

Foi uma luta manter e cuidar da horta em meio à nuvem de insetos. O tempo estava úmido, o que era ótimo para o cultivo, mas lhe dava nojo usar as botas de couro na lama enquanto sulcava a terra e arrancava, de joelhos, ervas daninhas. Ela trabalhava com um pedaço de tecido enrolado cobrindo o rosto e a cabeça e se sentia como a esposa de um funcionário público colonial na Índia, esforçando-se para aturar o sofrimento. O pano fino fazia cócegas no rosto e se avolumava à medida que ela respirava. "Ei", ela quis gritar, "peguem leve que eu sou da cidade!" Foi para a cama mordida e cheia de bolhas e com um respeito renovado por fazendeiros e pelos primeiros desbravadores.

No meio da noite ela ouviu seus passos: batidas surdas e arranhados suaves no chão da cozinha. Permaneceu imóvel sem ousar respirar, pensando nas feridas abertas na própria nuca e lembrando que ela não havia colocado comida para ele. Lou puxou o saco de dormir até cobrir seu pescoço, e se manteve rígida e alarmada. O urso atravessou com dificuldade a porta do quarto e ficou por um tempo de cócoras ao lado dela, farejando e bisbilhotando, seus olhos levemente vermelhos no escuro. "O que você quer?" ela sussurrou, paralisada de medo.

Ele ficou sentado olhando para ela por um longo tempo, sentindo seu cheiro. Então farejou e fungou uma última vez e voltou para fora.

No folclore irlandês, ela leu mais tarde (segura dentro de casa e com o urso acorrentado, as janelas fechadas contra os insetos, completamente protegida), *havia um deus que era um urso. Em Berna, na Suíça, os ursos são mantidos em fossos, em memória do passado heroico daquela cidade. Muitos bons cristãos ali também honram esses belos animais no solstício de verão, quando as criaturas acasalam às vistas da população. Há rumores de que mesmo os devotos mais fervorosos lhes prestam reverência por conta da antiga crença de que eles, não Adão e Eva, foram nossos primeiros ancestrais.* Este papel havia sido dobrado e guardado em uma edição de *O Testemunho das Pedras* de Hugh Miller, presente de um certo A. N. Williamson ao Coronel Cary, Ilha de Cary, 1859.

13.

Agora que estavam em plena temporada de pesca, o barulho das lanchas já havia se integrado ao som da paisagem, até que um motor parou e despertou a atenção dela. Lou espiou através da janela e viu Homer amarrando seu barco na doca. Ela desceu às pressas, feliz com a possibilidade de ter companhia humana.

"Olá, Homer."

"Vi que você levou o urso até o rio hoje de manhã."

"Ele fica deprimido, sentado no abrigo o tempo todo. E eu queria ficar debaixo d'água, longe das moscas."

"Só não esqueça que é uma criatura selvagem." Um brilho de reprovação atravessou seus óculos. Ela pensou no que ele diria se soubesse o que tinha acontecido da última vez. Havia levado o urso até o rio esta manhã para superar seu medo.

"Os Carys não faziam isso?"

"Olha, eu nunca os ouvi falarem nada sobre o urso. Trouxe cerveja. Agora que você já passou um mês inteiro aqui, achei que deveríamos celebrar. Você está se saindo muito bem, sabia?"

Ela se divertiu ao pensar que, sem saber, havia passado em alguma espécie de teste. Imaginou o que precisaria ter feito para falhar.

"Uma cerveja cairia muito bem, Homer."

"Eu preciso consertar aquela velha geladeira a querosene lá no galpão para você, mas ela é um pé no saco. De resto, como tem passado?"

Entraram na cozinha. Homer decapitou duas cervejas com seu canivete. Lou respondeu que gostava de estar ali.

"Muita gente não faz ideia de como você aguenta."

"E o que você acha, Homer?"

"Bem", Homer disse, inclinando para trás cabeça e cerveja, "eu acho que este é provavelmente o melhor trabalho que você já teve, já que é disso que você gosta."

Aquilo a agradou. Ele não era do tipo que subestimava as dificuldades inerentes à região, de maneira que aquela validação lhe transmitia o sentimento de que ela não era apenas uma turista, não era alguém de quem as pessoas pudessem zombar. Também desfez a maldição que pairava sobre as advertências que fizera sobre o urso. Ela finalmente se sentiu confortável com ele.

Homer inclinou o encosto da cadeira contra a parede da cozinha e começou a falar sobre o último dos Carys, que havia deixado a ilha para o Instituto. E que era uma mulher.

"O que aconteceu foi o seguinte", ele disse. "Constava no testamento que a propriedade deveria ser passada para a criança que se tornasse coronel. Um dos meninos da primeira geração conseguiu cumprir com o requisito porque era possível comprar o título e o velho tinha algum dinheiro guardado para isso, e houve naquela época muitas guerras, de forma que o rapaz não se saiu tão mal. Mas ele acabou não se casando muito jovem. Quando chegou aqui já era um cinquentão, e a esposa que ele trouxe pra cá não era nenhuma jovenzinha. Então quando eles tiveram a primeira criança e veio uma menina, eles trouxeram o pároco de Falls às pressas e a batizaram Coronel."

"Quando ela morreu e deixou o lugar para o seu Instituto, quatro anos atrás, foi um inferno, mas ela era uma boa mulher. Dura na queda e além disso nada feia. Seus pais fizeram com que fosse educada em Montreal e depois disso ela lecionou em uma ou outra escola feminina por um tempo. Depois que a mãe dela morreu, voltou para cuidar do pai. Ele viveu até a década de 1930 – a gente vive um bocado por aqui, lugar saudável, ele deve ter chegado perto dos cem anos – e então ela retornou ao trabalho escolar até se aposentar."

"Tinha muitos parentes, mas nenhum vivendo na ilha ou redondezas. A mulher do primeiro Coronel jamais viria aqui, sabe; Toronto era o mais longe da Inglaterra que ela estava disposta a ir. Dois dos rapazes apareceram, eventualmente, um deles tinha uma madeireira perto de Sault. Havia uma filha chamada Sarah Snowdrop que cuidou da casa para ele por um tempo, mas ela conseguia ser pior do que se ninguém estivesse fazendo seu trabalho, e tinha ataques. Na maior parte do tempo ele viveu sozinho lá atrás no depósito de madeiras. Uma vez, reuniu um bando de homens para construir uma serraria ali do outro lado do rio, mas o rio não é tão volumoso quanto parece e eles tinham que represá-lo por três dias para manter a roda da serraria funcionando por dois."

"Quando a esposa de Toronto finalmente morreu, ele foi a Falls e cortejou uma das jovens Lazare. 'Eu tenho uma ilha e uma casa só minhas', ele disse, 'e uma pianola, e Sarah Snowdrop não faz faxina digna desse nome'. 'E você chama de casa aquilo onde está morando?' ela perguntou, 'Está mais para um pardieiro. Construa uma casa para mim naquela sua ilha onde Judas perdeu as botas que eu levarei você a sério, mesmo que seja protestante'."

"Margaret Morris, casada com o contramestre de uma serralharia em Niagara Falls, escreveu tudo isso porque sua avó era Emily Lazare".

"Ou seja, foi para Katie Lazare que ele construiu esta casa. Dizem que levou cinco anos para completá-la. À exceção da madeira, tudo tinha que ser trazido de barco, subindo pelo lago. E então, pouco antes da casa ficar pronta, Katie morreu. Febre, pneumonia, sabe Deus o quê..."

"Margaret conta que em seguida ele cortejou Emily. Era uma mulher maravilhosa, a Emily. Era morena e as pessoas achavam que ela tinha sangue indígena, mas os franceses também são morenos e é possível encontrar muitas mulheres escocesas e irlandesas com os olhos escuros como os dela. Conseguia calcular as medidas de um homem só de vista e lhe costurar uma camisa de flanela azul (e naquela época era flanela de verdade, não esses tecidos de pijama) – e ela fazia com camada dupla na frente e duas fileiras de botões, como um uniforme, sem deixar sobrar nenhum pedaço de pano – e a camisa caía como uma luva, perfeita. Ela não tricotava, mas os índios faziam isso pra ela. Também não sabia ler ou escrever, mas sabia tudo o mais que havia para saber. Emily era uma daquelas mulheres que mantinham esta parte do país funcionando. Ela cozinhava e cortava lenha e mantinha os filhos vivos e saudáveis. Se casou com um dos Cadottes e teve treze filhos. Não havia nenhuma chance dela se casar com um velho inglês como o Cary."

"Depois disso dizem que ele ficou meio louco, vivendo sozinho aqui com seus livros e o urso, com quem costumava conversar. Melhorou um pouco quando o filho e a nora vieram morar com ele. Os tempos ainda eram difíceis naquela época, mas a civilização começava a se aproximar. A esposa do segundo coronel organizou o lugar um pouco melhor e trouxe sua mobília da Inglaterra. Todas essas mesas elegantes pertenciam a ela. Quando o velho morreu naquele duro inverno de 78, essa parte do norte já havia se tornado mais acessível. Não era mais uma região despovoada e selvagem."

"Seus filhos vinham visitá-lo, não se engane. Eram tipos com dinheiro e bem criados, acostumados com aquela educação que produzia médicos e advogados. Enquanto Coronel Jocelyn estava viva muitos deles frequentavam a ilha durante o verão, subindo e descendo o rio em suas lanchas Chris-Craft."

"Eles ficaram furiosos quando ela deixou tudo para o Instituto. Ela se dava bem com os primos de Cleveland, mas aqueles lá já estavam muito bem arranjados na vida. Acho que ela fez bem em transformar isso aqui em monumento histórico. Porque é um maldito monumento histórico. Quem mais, além do Coronel Cary, jogaria fora uma fortuna tentando transformar um celeiro em um lugar como este? A ilha não passa de uma porcaria de banco de areia, você não consegue cultivá-la. Também não dá para construir novos chalés agora que é preciso ter água corrente e fossas sépticas por conta da poluição. Os turistas de veraneio só querem saber de banheiros com descarga e máquinas de lavar. O cagadouro que você tem aqui, com o perdão da palavra, é que é ecologia de verdade, como dizem."

"Coronel Cary era uma mulher alta?"

"Nem alta nem baixa. Maior que você, mas não muito. Ela andava à moda inglesa, como se estivesse montando um cavalo. Foi a primeira mulher a usar calças por aqui. Teria sido um escândalo se as pessoas tivessem tempo para fazer caso disso. Diziam que ela era uma esnobe, e que havia familiares que não se davam nada bem com ela. Quando vinham visitá-la, ela os presenteava com um monte de coisas, porcelana chinesa, prataria. Dizia que não tinha nenhum uso para todo aquele requinte, que tudo de que precisava era sua ilha."

"Uma mulher de primeira, sim. Quando ela tinha necessidade de alguma coisa no inverno, antes de termos máquinas limpadoras de neve, ela ia até a nossa loja puxando seu pequeno trenó; era uma das poucas pessoas de quem eu nunca tive receio de que pudesse cair no gelo."

"Morou praticamente sozinha depois que voltou para cá. Eu costumava checar se ela estava bem de vez em quando, mesmo detestando andar no gelo. Algumas pessoas não se importam, mas eu, eu não sou tão corajoso assim. Não confio no gelo. Conheci muitos homens que afundaram nele."

"Os Leroys e os Kings foram muito bons para ela, logo se tornaram amigos. Lucy e ela se davam bem e viviam juntas como unha e carne. E há quem diga que Lucy é mestiça, mas se for o caso, seu antepassado branco ficou muito lá atrás. Suponho que ela e Joe sejam praticamente puro sangue indígena, e o que eu quero dizer com isso é que você nunca sabe onde eles estão."

"Bom, ela também gostava de uma cerveja para quebrar a rotina. Costumava se sentar comigo no cais depois que as moscas sumiam para racharmos um pacote de meia-dúzia. Era ótima jardineira e pescadora. Tinha mãos grandes como as de um homem, bem maiores que as minhas, e não perdia tempo com cremes e loções. Mantinha a casa impecável e a prataria que não tinha sido doada sempre polida. Assava pães. Fazia todas aquelas coisas que se espera que uma mulher saiba fazer e se garantia com uma série de armadilhas bem posicionadas. Apesar da origem inglesa nobre, naquela altura já não havia muito dinheiro na família, e o pouco que havia tinha sido gasto na casa e no sustento da família do primeiro coronel em Toronto. A pensão que ela recebia não era lá grande coisa. Talvez hoje ela conseguisse vender parte da mobília como peças antigas, mas esse mercado de antiguidades é bem recente. Até que a idade a impedisse, ela continuou a usar suas calças de pescador, a lançar-se no rio durante a temporada de pesca e a preparar armadilhas para ratos e castores. Um trabalho duro, gelado, é preciso ser parte índio para aguentar o serviço, mas ela aguentava. Ela conhecia cada curva e enseada, tinha licença para caçar, é claro, e não tinha medo do trabalho. Ainda assim, quando o missionário anglicano e sua esposa apareceram por aqui, ela os serviu com a louça azul e com o que restava da prataria (quando minha mulher viu o aparelho de chá, seus olhos saltaram), colocou um vestido que parecia saído de um filme antigo de Hollywood e fez com que eles se sentissem barro comum."

"Uma vez, um ano antes de morrer, ela pegou um lince, quando já era uma mulher bem, bem velha. Nunca perguntei como nem por quê, imagino que tenha caído em uma das armadilhas. Tudo o que sei é que ela me pediu para mencionar o caso a um fulano porque ela não tinha licença para prendê-lo. Precisou curtir a pele, esticá-la e escondê-la, não podia exibi-la a qualquer revendedor legal. Foi um homem de Quebec, de algum lugar perto de Saguenay, que veio em seu socorro, ele negociava qualquer coisa incomum: espécies protegidas, acidentes (quer dizer, você pega um lince numa armadilha por acidente, o que vai fazer? Confessar? Enterrar? Ninguém é louco...). Ele ofereceu duzentos dólares a ela pela peça e eu acho que ela precisava muito daquele dinheiro."

"Eu cheguei a ver a pele. Era uma beleza. Não tinha um buraco sequer. Não sei se morreu na armadilha ou se ela o estrangulou. Capaz de ela mesma ter estrangulado. Ela era feroz a esse ponto. Esticou o bicho no salgueiro, era amarelo e macio como um gatinho."

"O urso era dela?"

"Nada. Eu não sei quem lhe deu o urso, mas não dá pra dizer que o urso era dela. Eu nunca disse isso, disse? Ela nunca gostou dele. Talvez tenha sido um presente de Lucy, mas é difícil dizer que pertencia a Jocelyn Cary quando ela não fazia o menor caso dele. Ela parecia convencida de que sempre existira um urso por ali, então ela ficou com o urso. Sempre tive um pouco de pena dele porque Lucy e Joe eram os únicos que se importavam com a criatura. A Coronel meio que somente o tolerava, gostava mesmo era de seu setter irlandês."

"Agora, o outro urso que ela teve antes, aquele lá era uma figura. Seguia a dona pela casa como um cão. Os caçadores... você sabe, há caçadores e caçadores, não tenho nada contra um homem que caça pela carne, eu mesmo vou todo ano mais ao norte em busca de alces e uma licença para alces não é barata... Imagine remar naquela velha canoa de cedro por trinta quilômetros carregando meia tonelada de alce morto? Mas caçar carne de alce não é o mesmo que um caçador idiota que chega com um rifle com mira achando que é Ernest Hemingway e atira no coração de seu urso quando tudo o que ele está fazendo é tomando um banho de sol no cais."

Lou sentiu o tiro em seu próprio coração e que ela mesma tombava com um ruído surdo. E então se lembrou que Coronel Cary não era *lady* Caroline Lamb, mas uma velha forte e ossuda que esfolava um lince e deixava sua pele para secar no galho de um salgueiro.

"Ela era uma senhora formidável", ela disse hesitante.

"Não", Homer falou coçando a cabeça. "Ela não era uma senhora formidável. Era uma imitação de homem, mas uma imitação muito de respeito."

14.

Lou era dada a ter crises de fé. Naquela noite, depois que Homer partiu, ela se sentou no admirável escritório de Coronel Cary, sem dúvida uma das melhores salas do mundo em termos de adaptação a um propósito, incapaz de ler ou de se dedicar à catalogação. Perguntava-se com que direito estava ali, e porque escolhera viver daquele trabalho. E quem ela era.

Esses dilemas geralmente surgiam algumas semanas após o início de uma tarefa mais imersiva, mas dessa vez haviam se manifestado mais cedo, assim que ela conseguiu estabelecer uma rotina de trabalho. Compreendia – tecnicamente e até mesmo emocionalmente – a necessidade de redefinir objetivos, mas não conseguia entender por que o período de redefinição precisava ser acompanhado de uma crise depressiva, um grito existencial dentro de si e uma voz interior estridente que questionavam não o projeto em que estava trabalhando, mas sua própria existência. "O que estou fazendo aqui?" ela se perguntava, e a voz interior ecoava: "Quem diabos você pensa que é, como se atreve a estar aqui?"

Havia bebido cerveja. Sua cabeça doía e girava. E ainda por cima se sentia culpada, como se tivesse revelado a Homer algum segredo que não era dela para revelar. Como se tivesse feito algo ruim, e ele soubesse.

Lou tentou se concentrar no mundo exterior, em seus cartões e suas anotações. Olhou em volta para as estantes e percebeu que se quisesse fazer o trabalho durar todo o verão seria preciso trapacear. Não restaria muito mais que uma semana se continuasse trabalhando com eficiência. Poderia ir embora logo, mas não queria ir.

Ela sempre fora organizada, catalogando reflexões e sentimentos de maneira que, quando a voz interior terrível e anárquica a assaltava, sua mente estava repleta de respostas eficazes. Para "O que estou fazendo aqui?", por exemplo, poderia acessar uma lista de réplicas. E mantinha também outro estoque de respostas para "Quem diabos você pensa que é, tentando viver?". Justificava-se dizendo que tinha certa utilidade, que organizava fragmentos das vidas de outras pessoas.

Aqui, no entanto, não conseguia encontrar justificativa. Qual era o sentido, a utilidade, de tantos cartões de identificação, detalhamentos e classificações? No começo eles pareciam lindos e capazes de criar uma ordenação própria, capazes, ao final, de serem arquivados e classificados de maneira a sugerir uma estrutura que pudesse revelar um segredo. Agora eles a enchiam de culpa; Lou sentia que nunca, jamais, haveria uma história tão autêntica e reveladora quanto aquela contada por Homer, ou tão relevante. Os cartões eram uma heresia contra a verdade real.

Qualquer vida, pensou com amargura, que fosse colocada em cartas, embaralhada e disposta sobre a mesa como um jogo piramidal de paciência conservaria algum sentido; mas você nunca conseguiria fazer com que um cartão de arquivo intitulado "Campbell, Homer" transmitisse nem a mínima parcela do que Homer havia revelado esta noite. Muito em breve, teria de admitir que naquele lugar ela estava apenas cumprindo prazos, fazendo hora até o momento da própria morte. Coronel Cary certamente havia sido uma das grandes irrelevâncias da história canadense – e ela era outra. Nem ele nem ela se conectavam a coisa alguma.

Sentiu-se infantil, amuada. Sabia que precisava fazer algo específico até que aquele humor passasse. De nada lhe serviria sentar e cismar. Desceu, desamarrou o urso e o levou a nadar, tentando desfrutar de seus volteios e salpicos adoráveis. Mas ele também parecia abatido e cheio de tristeza. A parte mais rasa do rio estava quente, diferente da água gelada que ela precisou atravessar para alcançar alguma profundidade. Riu, por um breve momento, quando o urso veio flutuando até ela com todo o corpo submerso, menos os olhos e as narinas, como um crocodilo, mas algo pesado também encobriu essa alegria. Lou o guiou até a praia em meio a um silêncio sombrio.

Subiu novamente e examinou os cartões que havia feito. A biblioteca era convencional e as informações pessoais sobre Cary, escassas. Estava em um ponto de sua pesquisa em que era ainda muito cedo para atribuir sentido às poucas informações que conseguira juntar, e talvez elas nunca fizessem muito sentido. Sentiu-se como uma romancista francesa que, havendo descartado enredo e personagem, via-se agora às voltas com uma estrutura narrativa abstrata, e era apegada demais à tradição para conseguir desenvolver uma história. Percebia-se enfraquecida, incapaz de se libertar do concreto. Onde buscava ideias, encontrava apenas desordem e perturbação.

Certamente, com certeza, uma voz pragmática dentro dela falou, este não é, de forma alguma, o propósito do que você estava fazendo aqui: você está neste lugar simplesmente cumprindo as instruções do diretor do Instituto.

No fundo de seus arquivos estava enterrada a carta original do Diretor, onde foram indicadas suas funções de: (a) catalogar a biblioteca deixada para o Instituto por Coronel Cary na Ilha de Cary, (b) fazer anotações à parte acerca da história e das condições da referida biblioteca, (c) elaborar um relatório detalhado sobre a adequação da Ilha de Cary à função de centro de pesquisa sobre a geografia humana da região, e (d) listar, com as devidas fontes, qualquer informação adicional que possa ser útil para historiadores interessados no período de povoamento iniciado por Cary.

Lou leu as instruções duas vezes e suspirou de alívio. Qualquer coisa que ela fizesse seria relevante. Tinha, agora, sua licença para existir.

15.

Na manhã seguinte, usando um mapa grosseiro que ela mesma fizera comparando mapas de pesquisa e cartas marítimas, partiu com o urso preso à corrente para explorar. Não demorou muito tempo para que o soltasse. Ela sabia que ele voltaria.

Ela assinalou o cais, as dependências da propriedade e o mirante da árvore. Marcou uma fileira de pedras que parecia ter sido um alicerce. Em seguida, enrolando um lenço apertado ao redor da cabeça para se proteger das moscas negras, partiu para o bosque no lado sul, aonde o urso havia ido. Ela o encontrou cavando alegremente debaixo de um tronco podre, enchendo a pança com migalhas de terra e larvas. Lou parou por um momento para ouvir o meio-silêncio sinistro da mata. As toutinegras estavam de volta. Um pica-pau martelou. À distância, ouvia-se o barulho de uma lancha.

O bosque havia perdido a primeira inocência da primavera. O repolho-gambá desdobrava suas lâminas, os trilliums secavam ao sol que brilhava através da fina folhagem. Ela assobiou para o urso e continuou andando, traçando um caminho paralelo ao marulhar da costa, buscando formações rochosas, restos de cabanas apodrecidas, qualquer coisa, enquanto tentava imaginar como teria sido chegar de Portland ou Bath e encontrar aquela realidade.

Na categoria natureza selvagem, a ilha era um exemplar modesto. Lou já tinha visto partes do Canadá que deixariam qualquer explorador boquiaberto. A despeito da beleza do rio e da provável violência das cores durante o outono, aquela era uma paisagem relativamente doméstica.

De repente, percebeu que atravessara o limiar das árvores e se encontrava agora na extremidade sul da ilha. Meu Deus, pensou, que erro.

O rio naquele ponto era largo e turbulento. Ilhas e faróis brilhavam ao sol. O urso atravessou uma cortina de plantas e se aproximou ruidosamente, saltando e resfolegando.

Eles vieram atrás disso, ela pensou: eram loucos por paisagens. Pretendiam pintar aquarelas e ter Robert Adam decorando suas salas de estar, Humphry Repton idealizando as fachadas e Capability Brown projetando seus jardins. Na falta desses referenciais, construíram cabanas de madeira com janelas bem proporcionadas voltadas não para onde a vista estava, mas para o pântano que acabava na fileira de bordos junto à areia e garantia alguma proteção contra as intempéries. Caso esta forma de vida prosperasse, eles substituíam as cabanas por altas casas vitorianas e enviavam os filhos para serem educados fora e retornarem cavalheiros prontos para apreciar as vistas durante os verões vindouros.

Aqueles verdadeiramente românticos pereciam das formas mais horríveis, ela recordou. Caíam no gelo, contraíam pneumonia ou tuberculose, morriam de febres estranhas, escorbuto, depressão ou abandono. Apenas os mais resistentes, e suas poucas memórias, sobreviviam. Muitas vezes, os diários de colonos que eram deixados para o Instituto interrompiam-se assim que eles chegavam da Inglaterra. O que não surpreende: se você estivesse construindo sua própria casa e fazendo seus próprios panos, sabão e velas, móveis e ferramentas, não haveria tempo de sobra para preparar tinta com o que houvesse à disposição e encontrar uma pena para usá-la.

Lou descendia de um homem que viera do norte da Irlanda com a esposa e dez filhos para se juntar a seu irmão em Ontário que tinha, por sua vez, nove crianças. Aconteceu que, quando a família imigrante estava em Nova Iorque ocupada com os preparativos para a segunda etapa da viagem, o filho mais velho saiu para explorar a cidade e desapareceu. Eles o procuraram por cinco dias, tiveram de partir sem o rapaz e choraram todo o caminho até o Canadá. Quando chegaram meses depois à casa do irmão e este perguntou "Mas onde está nosso André?", o *pater familias* subiu ao primeiro andar, deitou-se e morreu. Deixava o irmão com duas mulheres e dezoito filhos. Mesmo muito tempo após esse episódio, a família ainda conservava uma certa dureza que beirava a loucura e um medo inquestionável de Nova Iorque.

Cary, por outro lado, seria um exemplo do que naquela época chamavam de aristocracia. Nada parecido com nossa gente. Uma mulher respeitável demais para acompanhar o marido até o meio do mato não era nosso tipo de coisa. Nossas mulheres teriam ficado com seus homens para garantir que eles não caíssem na bebedeira.

Com passo lento, tentando não molhar as botas de couro, Lou contornou o magnífico cabo seguida pelo urso até chegar ao outro lado da ilha, onde supostamente ficava a cabana de Lucy Leroy. Ao longe, os sinos das boias sinalizadoras dobravam e as lanchas zuniam, mas ao final de seu trajeto ela não havia encontrado nenhum sinal de outra habitação.

Ao chegar em casa, estava exausta. Havia caminhado tão pouco no mês anterior que sentiu que suas pernas talvez estivessem atrofiando. Entrou e se deitou para dormir.

Quando acordou, já havia anoitecido. Acendeu os lampiões com dificuldade, ainda sonolenta, fez café e saiu para alimentar o urso. Os olhos dele brilhavam na escuridão, vermelho-dourados, enquanto ele se alvoroçava em direção ao prato de comida.

Ao terminar o jantar, ela o ouviu arranhando a porta para entrar e pensou, por quê não? Quando abriu a porta, ocorreu-lhe que sempre esperava que fosse outra pessoa e se perguntou se ele, como ela, idealizava transformações, se acordava todas as manhãs esperando ser um príncipe para se decepcionar ao se descobrir ainda urso. Lou tinha suas dúvidas.

Havia prometido que trabalharia, então subiu para trabalhar. Ela sempre cumpria com seus compromissos. Em outra encarnação, havia trabalhado em uma redação de jornal entre colegas que cedo ou tarde abandonariam seus empregos para escrever livros, mas que por enquanto viviam de correr de um prazo a outro, porque não entregar as matérias a tempo era sua forma de Pecado Original. Lou deixara o jornal não para escrever, mas porque, quando teve de entrevistar um padeiro em virtude de seu cinquentenário de casamento, ela o encontrou tremendo de medo de que o artigo revelasse que ele havia se casado com a irmã de sua falecida esposa. Aquilo lhe despertou um desejo perverso de revelar toda a verdade do padeiro, desejo que ela reprimiu, e a fez recordar com nitidez de casos ouvidos e lidos em suas aulas de História Vitoriana. De repente, sua vida no jornal lhe pareceu empobrecida e efêmera (não à toa, os jornais gregos são chamados "efemérides", assim como certos insetos), e ela mudou de vida para encontrar um lugar para si mesma no que considerou uma ocupação menos parasitária das narrativas históricas.

Subiu para trabalhar; o urso levou algum tempo para segui-la. Quando ele alcançou o topo da escadaria e se postou completamente ereto, Lou estava em sua mesa e não lhe prestou qualquer atenção. Ela havia encontrado uma primeira edição autografada de *Wacousta*, do major John Richardson, dedicada a John Cary, com o apreço do autor, em 1832. Desejou ter à mão alguma espécie de catálogo de raridades para ter uma noção do valor daquele livro. À falta disso, terminou de catalogá-lo e o segurou entre as mãos por um longo tempo. Era um pássaro muito, muito raro, que fazia valer a pena uma viagem até aqui.

Havia outros livros de valor, edições de Boston que eram, na verdade, cópias ilegais feitas no Canadá produzidas sem o pagamento de direitos aos seus autores franceses ou ingleses, mas nada, até aquele momento, que se igualasse em importância àquele volume de *Wacousta*. É curioso que eu nunca o tenha lido, ela pensou, mas não lerei esta cópia. Posso comprar uma edição em Toronto e comparar os textos. Ora, Cary, talvez você tenha sido alguém no fim das contas, se conhecia Richardson.

"Agora descanse, meu querido, meu amado", ela disse, porque a descoberta a deixara de ótimo humor. Pegou o próximo livro, sacudiu-o em busca de mais notas avulsas e o abriu. Recordações de Byron e Shelley escritas por Edward Trelawny.

Começou a ler (pois a edição não era nenhuma raridade, havia sido impressa em Londres em 1932). Trelawny? O homem que cremara o corpo de Shelley e salvara seu coração da pira em chamas após reparar que o órgão não havia sido consumido pelo fogo. Isso, aquele Trelawny. O pirata. Um homem gigante. Partiu para a Grécia com Byron após a morte de Shelley.

Começou a ler, encantada. Ela nunca tinha lido aquele livro antes, embora o assunto fosse de seu interesse. Por quê? Alguém, algum estudioso, lhe dissera que não passava de um monte de bobagens. Mas grande parte das autobiografias não passa de um monte de besteiras, pensou. As pessoas lembram tudo errado. Ainda assim, que besteira mais deliciosa de ler. Que homem, aquele Trelawny! Grande. Ofensivo.

Um gigante. Um verdadeiro descendente do verdadeiro Trelawny, aquele dos vinte mil homens na Cornualha. Ah, não tenho dúvidas de que ele era um mentiroso.

Olha para o urso, cochilando e cabeceando, pensando seus próprios pensamentos. Como um cão, como uma marmota, como um homem: grande.

Trelawny é talentoso. Fala com a sua própria voz. É um homem injusto, mas ao menos FALA COM A SUA PRÓPRIA VOZ.

Ela se sentou e repetiu o pensamento em voz alta. O urso soltou um grunhido. Ajoelhou-se ao lado dele. O coronel Cary havia deixado para ela pequenas anotações, dolorosas e ridículas. Lou, por sua vez, continuava a buscar sua voz pela casa. Teve a sensação de que Trelawny e o urso falavam com a voz de Cary. Trelawny queria encontrar um poeta, conhecer um poeta, porque não conseguia ser um, e tinha uma visão romântica dos poetas. Ele viveu até a velhice, conheceu Swinburne e os pré-rafaelitas. Deve haver alguma conexão aí.

Cary desejava uma ilha.

Ela estava animada. Queria saber quem tinha sido esse Cary e como ele era. Trelawny. Coronel Cary. O urso. Algum vínculo tinha de haver, alguma intimidade inescrutável entre eles, algum laço entre a aspiração, o desejo e a conquista.

Lou se deitou ao lado do urso e leu mais Trelawny. Um fanfarrão vergonhoso, um bárbaro tanto aos olhos de Byron quanto aos de Mary Shelley. Byron era demasiado sedentário. Shelley não sabia nadar. Foi Trelawny quem presenteou Shelley com aquele barco, uma embarcação nem um pouco confiável.

Ela leu sobre o afogamento e então pulou para o final do livro. Por Deus, ele levantou a mortalha para dar uma olhada no pé manco de Byron. Que homem desprezível.

Todos os vitorianos, tanto os primeiros quanto os mais tardios, eram gênios mórbidos. Cary foi um exemplo e comprou uma ilha aqui. Ele não tinha as paisagens de Ackermann nem as gravuras de Bartlett para se orientar. Intuiu o que queria, partiu e encontrou.

Como será que ele começou a desejar uma ilha? Teria vindo em transe através dos romances de Aphra Behn, depois *Atala* e a ideia do nobre selvagem, até chegar a James Fenimore Cooper?

Sem dúvida viera atrás de um grande sonho, e sabia que não seria nada fácil. Não haveria empregados dispostos a viver em uma ilha remota. Os livros teriam sido adquiridos com o máximo de empecilhos, e a história de sua difícil aquisição muito provavelmente fizera com que a biblioteca fosse deixada para o Instituto.

Mas o que Cary teria conseguido em troca do sacrifício da civilização como a conhecia? Um reino insular, protegido pela segurança dos livros? A dissipação perpétua dos barulhos desvairados da vida urbana? Alívio dos lenços brancos de pescoço? Ou teria sido apenas um pouco de esperança e transformação?

Ele viera, Lou pensou, para encontrar seu sonho, deixando a esposa pragmática para trás em York. Era um espírito aventureiro, entusiasta, romântico. A floresta sem dúvida o acolheria.

"Urso", ela disse, esfregando os pés em seu pelo, sentindo-se solitária de repente. O fogo estava muito quente, e o tapete de peles tinha se afastado da lareira e se aproximado dela. Ah, como se sentia solitária, inconsolavelmente solitária; há anos que não conhecia qualquer contato humano. Sempre havia sido péssima na tarefa de encontrá-lo. Era como se os homens soubessem que sua alma estava gangrenada. No plano das ideias as coisas iam muito bem e ela podia se esconder em seu trabalho e esquecer por um tempo do verdadeiro significado do Instituto, o lugar onde o diretor a fodia uma vez por semana em sua mesa de trabalho enquanto ambos fingiam que estavam chocando o Governo e ela sabia, no fundo do coração, que aquilo que o diretor desejava não era sua carne minguada, mas os elegantes buracos de fechadura do século XVIII que haviam se tornado difíceis de encontrar em Ontario.

Ela havia permitido que aquele arranjo continuasse porque passara a ser sua única fonte de contato humano, mas pensar naquilo a deixava horrorizada. Não havia atenção ou carinho no ato, apenas hábito e conveniência. Tornara-se algo que ela infligia a si mesma.

"Ah, urso", ela disse, esfregando o pescoço dele. Levantou-se e tirou a roupa porque estava com calor. Em seguida, ela se deitou do outro lado do urso, longe do fogo e um pouco longe dele, e começou, naquele seu estado de desolação, a fazer amor consigo mesma.

O urso acordou de sua sonolência e se virou. Colocou para fora a língua mosqueada. Era gorda, como dizia a nota enciclopédica, e possuía um sulco na vertical. Ele começou a lambê-la.

Uma língua gorda, sardenta, rosada e preta. Que lambia. E limava, até certo ponto. Sondava e parecia ardente, estranha e agradável. Que diabos Byron fazia com seu urso?, ela se perguntou.

Ele continuou a lamber. E explorar. Delicado como se ela fosse uma pulga que ele estivesse se esforçando para encontrar. Lambeu seus mamilos até deixá-los rígidos e descobriu seu umbigo. Entre suaves relinchos ela o guiou mais abaixo.

Ajeitou os quadris e lhe facilitou a tarefa.

"Urso, urso", ela sussurrou, brincando com suas orelhas. A língua, que era musculosa mas também capaz de se alongar como uma enguia, encontrou todas as suas zonas secretas. E, como a de nenhum humano que ela tivesse conhecido, perseverou em lhe dar prazer. Chorou baixinho quando gozou, e o urso lambeu suas lágrimas.

15.

Acordou de manhã. O clima era como seda sobre a pele. Rastros de um sentimento de culpa percorriam as bordas de sua consciência. Sentiu como se houvesse negligenciado alguma coisa. O que será que eu deixei de fazer?

Minha nossa, o que foi que eu fiz?

Estava lendo Trelawny, curtindo uma viagem com Trelawny, sentindo que conhecia Cary, que havia captado sua mentalidade, e então eu… o urso.

Jesus amado, que estranho fazer aquilo. Ter feito aquilo. Submeter alguém aquilo.

Lou se testou, beliscando a própria consciência aqui e acolá para ver se ela se sentia mal. Sentiu-se amada.

Fazia um belo dia. Saiu cautelosamente para o jardim ainda vestida em sua camisola. Estava um pouco dolorida. Deu água ao urso, acariciou suas orelhas e o alimentou. Depois, para purgar seus pecados, dirigiu-se à horta e trabalhou por uma hora, capinando dolorosamente. Os coelhos estavam acabando com tudo e as alfaces haviam apodrecido. Ela precisava levantar uma cerca ou arrumar um rifle, ou simplesmente deixar como estava.

Preciso de carne, pensou.

Vestiu-se e, dispensando o café da manhã, desamarrou a lancha e deslizou pelo resplandecente canal até o mercado de Homer. Uma espécie de êxtase de início de verão envolvia o mundo. Martins-pescadores chapinhavam, peixes davam seus saltos, nenúfares se espalhavam pelas margens do canal. Lou pensou em Keats. Será que apenas os românticos enxergavam isso tudo?

Em manhãs como esta, sim. Aquele clima exigia lirismo. O motor gorgolejava de modo terrível contra o canto dos pássaros, mas ainda assim ela se sentia curiosamente em paz.

Ao chegar em Homer, encontrou uma carta do diretor perguntando quando ela pretendia voltar.

Lou comprou um bloco de papel e um envelope, e saiu da loja; sentou-se em uma das mesas de piquenique posicionadas ao lado do rio e começou a escrever "Caro diretor." Mordeu a tampa da caneta e começou em outra folha: "Caro David." Não, "Caro Sr. Dickson" bastaria. "Tenho estado completamente absorvida pela coleção de Cary. É, de modo geral, melhor do que imaginávamos, embora um pouco mais ortodoxa se comparada ao que se pode esperar de uma coleção do século dezenove. Encontrei uma das primeiras edições de *Wacousta* entre outros livros de aspecto mais comum, e acredito que novas descobertas virão. Também espero que alguns diários acabem aparecendo, mas esta já não é uma grande esperança, confesso.

"Estou trabalhando em um ritmo mais lento do que o habitual porque fui forçada a plantar e manter um jardim para prevenir o escorbuto. Poderia também me dedicar à pesca, mas não tenho paciência para mexer com barcos.

"Há um mapa de Molesworth em bom estado.

"Se deseja que eu faça um trabalho minucioso e bem-feito, deve autorizar minha permanência aqui até o fim do verão. Tenho certeza de que você não terá nenhuma objeção a que eu passe minhas férias anuais em Pennarth." Rabiscou o próprio nome, dobrou o papel desajeitadamente, lambeu o envelope deixando um mosquito preso a ele e o fechou com força. O desgraçado sente minha falta.

A segunda carta era de uma amiga feminista que lhe perguntava por que ela não estava pesquisando sobre uma mulher pioneira para o Ano Internacional da Mulher. Lou respondeu com o cartão postal de um filhote de urso subindo uma árvore que ela estava se divertindo um bocado.

"Aqui", ela disse, entregando as cartas a Homer. "Alguma carne hoje?"

"Nada fresco. Tem conseguido pescar?"

"Não, não sei como."

"Deve haver umas varas boas por lá. O coronel fazia muito isso. Basta desenterrar algumas minhocas no jardim e sair no barco ao entardecer. É mais calmo e os lúcios naquela pequena enseada do outro lado do rio, por trás do banco de areia a leste, são bons. Lúcios são um ótimo alimento."

Lou estremeceu, comprou uma dúzia de ovos e partiu. Ela era uma pessoa de regiões mais afastadas da costa, no fim das contas.

Mesmo assim, ao anoitecer o rio lhe pareceu convidativo e havia pensamentos que ela desejava evitar. Equipada com minhocas e uma velha vara de pescar com o cabo de cortiça que encontrara no saguão de entrada, aventurou-se pelo canal.

Os mosquitos eram capazes de enlouquecer qualquer um. Ela mal conseguia ficar sentada assim que terminou de lançar a linha. Os peixes estavam lá; conseguia ouvi-los, mas não sabia se desejava realmente pegar um deles. Lúcio. Será que os lúcios eram mesmo bons de comer? Como seria "lúcio" em francês?

Brochet, Quenelles de brochet. Pesado e gelatinoso, como bolinhos de peixe. Não, obrigada.

Quando resolveu puxar a linha de volta e ir embora descobriu, para sua surpresa, que havia um peixe preso a ela. Seria assim tão fácil? Tentou enrolá-lo, mas o carretel estava emperrado, só girava no sentido de ceder mais corda. A linha era de algodão velho, grossa como um barbante, então ela começou a puxá-la incautamente com as mãos, cortando as palmas enquanto o peixe se debatia para longe. Tornou-se obstinada. A despeito de sua indiferença inicial, agora ela desejava o peixe. Queria matá-lo e comê-lo. Inclinou-se na borda, quase virando o barco, e puxou, e puxou.

Finalmente e sem qualquer elegância, Lou conseguiu tirar o peixe do rio com as próprias mãos. Era enorme e amarelo. Tinha um focinho comprido de aparência maligna e se debatia aos pés dela no fundo do barco. Ela odiou aquela sensação de algo viscoso. Usando a linha que já não tinha mais conserto, amarrou o peixe à forqueta de um dos remos.

Quando voltou para a casa, precisou pegar uma faca para liberá-lo do barco. Depois, saiu novamente em busca de uma rede para carregar o peixe. Não havia rede. Voltou com uma sacola plástica de compras.

Cortou a linha, colocou os polegares sob suas guelras e o jogou na sacola, não sem antes rasgar profundamente um dos dedos nas barbatanas espinhosas.

Agora vou ter que limpá-lo e cozinhá-lo, pensou. Peixe. Sexta-feira. Com um molho branco horrível e acompanhamento de ovos cozidos e espinafre. Não. O único peixe decente era aquele que seu pai preparava nas viagens de acampamento.

Será que ele é daquele tipo que eu preciso escamar de trás para frente? Ela se perguntou. Tiro a pele e corto em filés? Haverá uma faca afiada o suficiente? Cruzes.

Era um peixe grande, daqueles que pescadores de verdade exibiriam orgulhosos. Lou sentia asco. Ele continuava a se contorcer e pular dentro da sacola de compras. “Ótimo alimento”, ela conseguia ouvir Homer dizendo.

Colocou-o sobre o balcão da cozinha. Plop. Ele escorregou da bolsa para a pia e ficou ali, ofegante por água. Lou sentiu que havia feito uma coisa terrível, removendo-o de seu reino. A boca estava completamente despedaçada pelo anzol. E se aquele fosse um espécime raro do lago Michigan que havia se desviado cem mil milhas para emocionar o naturalista Louis Agassiz? E se estivesse cheio de mercúrio? Ela poderia contrair a doença de Minamata, ser confundida com uma indígena bêbada e levada à cadeia. O peixe tinha uma cara azeda e saturnina. Ela não seria capaz de amá-lo.

Sorrindo com tristeza, ela se lembrou de quem o amaria. Devolveu-o à sacola de compras e o arrastou para o urso.

Amanhã, pensou, quando estiver jantando com toda a pompa um sanduíche de mortadela, Homer perguntará se eu pesquei alguma coisa. Vou dizer a ele que a linha ficou enganchada.

Ela acendeu os lampiões e subiu. Havia deixado o escritório em desordem a noite passada. Arrumou o espaço, terminou de catalogar a prateleira de livros designada para o dia e então se acomodou para ler Trelawny como mandava o figurino. Na noite anterior, ficara excessivamente entusiasmada ao ver emergir do texto a personalidade do autor e acabou por confundi-la com a de Cary.

Ainda assim, ele era muito bom. Ele percebia as coisas. Não gostava muito de Mary Shelley, ou de qualquer mulher, na verdade. As mulheres são peças úteis, Lou conseguia ouvir ele pensando, contanto que se mantenham em seus lugares. Pensou nas mulheres que os oficiais trouxeram para o Canadá com eles: forçadas, submissas, pragmáticas, resistentes, exiladas. Não obstante, entre tantas que choravam e morriam, também deveria haver muitas outras que apreciavam e se entusiasmavam com a ideia de sacar um mundo novo daquele velho universo.

Seu amigo cheirando a peixe subiu as escadas. Dobrou a língua verticalmente e a colocou em sua boceta. Uma nota caiu de um dos livros: *O fruto de uma mulher e um urso é um herói, alguém com a força de um urso e a inteligência do homem. — Antiga lenda finlandesa.* Lou gritou de prazer.

17.

O verão chegou rapidamente. Os coelhos continuavam a ser um problema para a horta. O diretor havia concedido sua benevolente permissão para que ela passasse as férias onde estava, e até mesmo ameaçou visitá-la. Mas Lou sabia que ele nunca deixaria a cidade grande.

Durante o final de semana de primeiro de julho começaram a chegar as lanchas, os turistas, os jet-skis e os locadores e proprietários de chalés: uma gente pálida, mas empolgada com o verão. À noite, ciente de que continuavam no rio, ela baixava as persianas, e se sentia violada durante o dia porque seu precioso silêncio havia desaparecido. Uma família chegou a bater em sua porta para pedir que ela lhes mostrasse a casa. Lou recusou semelhante honra.

Os apaixonados faziam fogueiras em suas praias. Esquiadores davam saltos e acenavam para ela; não se sentia amigável. Queria ficar sozinha com o urso.

Os lapões o veneram e o chamam "Cão de Deus". Os noruegueses dizem que "o urso tem a força de dez homens e o juízo de doze". Eles nunca o chamam por seu nome verdadeiro para que não destrua suas colheitas. No lugar, se referem a ele como "Moedda-aigja", *o velho com o manto de pele.*

Não negligenciava seu objetivo ali. Continuava trabalhando. Dela poderia ser dito qualquer coisa, exceto que não fazia o que precisava ser feito com consciência e probidade. Precisava trabalhar e ainda havia trabalho o suficiente. Além da mera catalogação, faltava o inventário da casa. (E cada uma de suas salas angulares parecia conter inúmeras mesinhas vitorianas que seriam um pesadelo inventariar: de quatro pernas, tampo baixo, de alturas e tamanhos capazes de comportar apenas uma Bíblia ou uma samambaia ou talvez uma daquelas redomas de vidro onde se exibiam pássaros decadentes ou coroas fúnebres. A abertura das pernas daquelas mesinhas a repugnava.) Havia muitas coisas a serem contadas e, com alguma sorte, haveria também outras tantas que só precisariam de uma edição. Pois embora o inventário dos advogados existisse, não estava nem perto de ser considerado completo.

Acordou de bom humor em uma manhã resplandecente e admitiu para si mesma que, desde que chegara ali, não havia nem uma vez tentado abrir a porta do porão. Tinha medo de lugares úmidos e cheios de aranhas. Tomou o café da manhã, cuidou rapidamente do urso (eles não podiam nadar porque havia quatro lanchas pescando tranquilamente no canal) e, armada com duas lanternas e um lampião a óleo, atravessou a porta em direção ao subsolo.

Aquele espaço subterrâneo era, de fato, escuro e cheio de aranhas. Para seu alívio, no entanto, encontrou quatro lamparinas a óleo cheias penduradas por suportes nas vigas do teto. Lou as acendeu uma por uma e o porão se alargou em dimensões assustadoras.

Auxiliada por uma das lanternas, pôs-se a explorar. Interessou-lhe descobrir que em dois lados as fundações do octógono haviam sido escavadas para formar o que presumivelmente eram câmaras frigoríferas, pois uma continha prateleiras de madeira e potes de conserva com tampas verdes e três maçãs totalmente murchas. A outra estava vazia, exceto pela carcaça há muito decomposta de um animal escavador.

Gente organizada, os Cary. Aqui estavam empilhadas grelhas de fogão em bom estado, ali fileiras ordenadas de canos. Outro canto servia de depósito para as cadeiras de vime usadas durante o verão. Mesinhas para samambaias descartadas. Alguns quadros (*O despertar da alma*, *General Wolfe em Quebec*, mas nenhuma reprodução de *O cerco de Derry*, o qual ela sempre desejara) com molduras de gesso folheadas a ouro. Ao que parece, a família não era assim tão sofisticada se havia perdido a era das oleogravuras, reproduções que imitavam pinturas à óleo. Velhos suportes para andar na neve com a parte dos dedos virada para cima. Um banjo quebrado. (Será que cantavam "Old Black Joe" nos degraus da varanda à noite?)

E então, ao longo de outra parede, baús de viagem; na verdade, um tour histórico de baús de viagem: cofres de tampo arqueado com amarração de estanho forrados, sem dúvida, com estampas de pássaros; grandes baús de vime; arcas militares da Primeira Guerra Mundial; guarda-roupas portáteis da virada do século com capacidade para o enxoval de uma centena de noivas. Baús por cima de mais baús. Trabalho. Tesouro.

Ela sorriu e foi de barco até a loja de Homer para perguntar se ele e o filho Sim podiam lhe dar uma mão.

"Quero subir com algumas coisas do porão", ela disse vagamente. Os olhos de Homer brilharam por trás dos óculos. Ele se dirigiu à parte da casa por trás da loja para falar com a esposa, cuja voz tornou-se alta e mal-humorada através das fileiras de enlatados.

"Obcecado por aqueles malditos Carys", Lou ouviu. "Fica aberto até as nove e depois Deus sabe até que horas. Aposto que nesse mato tem cachorro." Lou corou, sentiu vontade de fugir. Ela acha que estou interessada nele, pensou.

"Sua esposa pode vir também", disse a Homer.

"Do jeito que está se comportando, o que ela merece é que lhe partam a cara", Homer disse sem perder o sorriso alegre. "Ela não gosta que eu vá até a ilha. Nunca gostou. Acha que é assombrada ou algo do gênero, que é má influência. Olha, eu posso ir sozinho se preferir, se você achar que nós dois damos conta do recado. Sim precisa ficar por aqui para gerenciar as bombas de gasolina. Babs é uma garota ótima, mas por alguma razão ela nunca se deu bem com o trabalho de frentista."

"Quantos filhos você tem, Homer?"

"Nove, contando com os dois que ela adotou."

"Nossa, é um bocado."

"Não dá pra deixar uma criança sem casa só porque você tem medo de um pouco mais de trabalho."

"Eu deixaria, ela não. Escuta, podemos marcar para quando você não estiver tão ocupado."

"Segunda à noite seria melhor. Não consigo ajudar nos finais de semana. Agora é alta temporada e as áreas de acampamento estão cheias – sabe como é, turistas não sabem fazer nada. Na maioria das vezes não conseguem sequer acender um fogão portátil. A gente precisa garantir que eles não vão encher os tanques com fluido para acender churrasqueiras. E depois, tem toda a questão das fraldas entupindo as fossas sépticas. E não dá pra ficar sem as fossas. Qual o sentido de acampar se não for para levar os filhos junto, não é verdade? Algumas mulheres passam o tempo todo na lavanderia – e há motores de popa para consertar na Marina. Poxa, algumas vêm até aqui e passam o dia inteiro sentadas em seus trailers bebendo cerveja enquanto os maridos pescam. Viúvas de pescadores. O mais importante é que não dá mais para fazer isso pagando apenas $2.50 ao dia, não com todos esses novos regulamentos. De qualquer forma, ficarei feliz em escapar daqui por algumas horas. Ela vai se acalmar."

Lou regressou entre pensamentos ambivalentes. Sentia que estava tirando um homem de sua esposa. Sentia que estava oferecendo a esse homem uma merecida pausa. Estava feliz que a mulher dele havia adotado crianças e se recusado a operar bombas de combustível, mas se irritara com a voz levantada e queixosa. Mulheres desbocadas garantiam a má fama de todas nós, pensou.

Mulheres desbocadas e viúvas de pescadores. E no começo todas nós queríamos ser sereias.

Os ursos já foram comuns nas Ilhas Britânicas. Os romanos importavam ursos da Caledônia para servirem como instrumentos de tortura. No País de Gales, eram considerados animais de caça.

Homer trouxe uma garrafa de uísque de centeio. Beberam uma dose, desceram até o porão e acenderam as lamparinas. Ele disse que nunca tinha estado "sob o convés" antes, a não ser uma vez, quando trouxera algumas cadeiras de jardim enquanto a velha senhora segurava uma lanterna fraca. Ele olhou ao redor fascinado. Encontrou um estoque de lamparinas velhas que Lou não havia reparado, lampiões de querosene, quebra-luzes elegantes e até mesmo uma lâmpada de bronze para estudo que ele sempre cobiçara. Mesmo pertencendo por lei ao Instituto, ela presenteou Homer com a lâmpada. Por que não, diabos? ela pensou. Ele tem me tratado tão bem.

Um a um arrastaram os baús para cima. Alguns foram deixados na cozinha, outros no quarto e na sala de jantar. Sentaram-se exaustos à mesa.

"E então", ele perguntou, "você não vai abri-los?"

"Acho que deveria." Pareceu-lhe estranho que agora, quando havia tantos tesouros ao seu redor, ela não estivesse tremendo.

"Você deveria passar um pano neles, primeiro", ele disse.

"Sim, deveria."

"Mas você não é esse tipo de mulher, não é verdade?"

"Que tipo de mulher?"

"Que coloca a arrumação da casa em primeiro lugar."

"Que merda, Homer, não."

"É melhor você espaná-los antes de abrir. Onde não existe água corrente é melhor acabar com a sujeira logo de cara. Você sabe, aqui não dá pra lavar o lugar com uma mangueira."

"Qual deles primeiro?"

"Você quer que eu fique por aqui?"

"Se te dissessem para ir embora, você iria, Homer?"

"Não."

"O mais antigo ou o mais novo?"

"Aquele baú ali da primeira guerra. Sempre tive interesse em uniformes militares."

Lou encontrou um pano de limpeza e esfregou o baú. Mas não com suficiente afinco, para não parecer que estava cedendo ao que Homer dissera. Levantou o tampo e descobriu dois cobertores militares marrom-esverdeados bastante ásperos.

"Não se pode ganhar todas", Homer falou. "Aqui, tome outra dose para dar sorte."

Alguns baús estavam vazios, outros cheios. Um continha frascos vazios de conservas e outro lindos vestidos das décadas de 1920 e 1930: chintzes enfeitados com contas, veludos escuros celestiais e um casaco de noite de bélbute cor de pêssego com apliques prateados de pele de cabrito. Ela os levou para o quarto e experimentou todos em frente ao aparador com espelho alto. Homer apareceu na porta.

"Eles não combinam com seu bronzeado", ele disse.

"Não sei o que fazer com todas essas tiras."

"Elas serviam para segurar o busto para cima, minha mãe costumava dizer."

"Bobagem, elas as amarravam para baixo para esconder o que tinham. Mas não funcionava com as camponesas."

Os peitos das mulheres não era um assunto para Homer. Ele começou a falar sobre os negócios da Marina. Contou mais sobre os negócios da Marina do que ela jamais precisaria saber.

"De quem você acha que eram esses vestidos?"

"Ah, acredito que da velha Coronel. Ela foi para algum lugar longe para estudar, Inglaterra, eu acho, ou Montreal, e ficou muito tempo fora. Ouvi dizer uma vez, mas não tenho certeza se lembro direito, que ela levava a filha de um milionário para festas na Europa nos bons e velhos tempos antes da crise de 1929. Naquela época, as jovens não podiam correr por aí sozinhas. Coronel devia ter bons contatos, porque conseguiu um emprego para ficar de olho nessa garota. Ela costumava me contar histórias de como eles viviam lá. Alugavam um avião pequeno de quatro lugares para ir de Paris a festas em Londres ou Oxford. Eles tinham suas próprias jaquetas de pele de carneiro e capacetes de couro feitos sob medida, ela dizia."

"Uau."

"Ah, mas eu e você, o que faríamos com um mordomo, hein? Passar os dias dando gorjetas e chamando ele de "meu chapa"? Uma vez, trabalhei de guia para um velho cavalheiro bem generoso, de quem eu até gostava, mas às vezes ele me chamava de "meu rapaz". Eu disse a ele que pediria demissão se não me chamasse de Homer. Ou Campie, às vezes me chamavam de Campie naquela época. Ele entendeu o recado."

"Vamos para a outra sala checar o restante dos baús."

"Sabe, quando se está bebendo, é preciso ter cuidado com as lâmpadas."

"Vou trazer a lanterna e você pode cuidar de acender o lampião a gás pra mim."

"Boa garota."

Ela não gostava da sala de estar. Era cheia de ângulos errados e inabitáveis, o ponto fraco do octógono. A mobília, por ser quadrada, assentava mal no espaço e ficava descentralizada. Sempre que entrava ali, a imagem tradicional de um cômodo retangular a invadia e inquietava. De qualquer maneira, sob a luz vacilante e meio agachada contra o sofá de crina de cavalo, abriu outro baú.

Enquanto se inclinava em direção ao mistério, Homer beliscou sua bunda.

"Não", ela disse.

"Está comprometida?"

Seu coração falhou. "Você está", ela disse.

"Ah, diabos, Babs e eu... vinte e quatro anos. Se um cara não puder..."

"Se um cara pode, ela também pode."

"Aí eu mataria ela."

"Então não encoste em mim."

Ele permaneceu carrancudo diante dela, o olhar agora furioso. "Você me convidou pra vir aqui."

"Para me ajudar com os baús. E foi exatamente o que você fez. Eu não pedi que trouxesse bebida, mesmo que eu tenha aceitado de bom grado. Agora vamos ver o que há dentro deste baú."

Ele segurou o braço dela. "Olha aqui..."

"Chega, Homer." Lou se levantou e o encarou. Ambos tinham a mesma altura. Ela era mais jovem, ele mais forte. Ela gostava dele, mas não gostava do que ele estava fazendo. Aproveitando-se dela daquela forma. Quis, de súbito, lembrá-lo de quem mandava ali, recordá-lo de que não pertenciam à mesma classe, colocá-lo no seu devido lugar. Ela sabia que eram iguais, mas não era assim que se sentia, em sua cabeça ela era uma grande dama que frequentava bailes e ele não passava de um criado que conhecia seus segredos.

Na verdade, ela ainda estava usando o vestido de baile. Baixou a vista e percebeu que seus seios no decote estavam quase inteiramente à mostra.

"Oh, Deus, perdão", ela disse.

Homer balançou a cabeça. "Não foi isso. Eu gosto de você, você sabe. Gosto de você. Quando eu gosto de uma mulher eu gosto dela não importa o que ela estiver vestindo. Não faz nenhuma diferença se você estiver usando jeans e camisa xadrez. Eu bebi demais, é verdade. Um homem precisa de uma noite de folga de vez em quando. Nada errado com isso. Você também gosta, não gosta? Nunca recusou bebida, mas também nunca ofereceu bebida alguma. Você é uma esnobe. Eu não imaginava que você fosse assim, mas talvez devesse."

Ela tentou segurá-lo. "Homer..."

Ele enfiou o boné na cabeça. "A partir de agora, se tiver qualquer serviço para ser feito por aqui vai ter que contratá-lo através do Instituto, seu maldito Instituto."

Ela permaneceu em pé, incerta, então tocou seu braço. "Sente-se."

"Não, estou de saída."

"Vamos para a cozinha que é um ambiente mais amigável, eu coloco um moletom e deixamos de lado essa história de grande dama. Ainda não derrubamos a garrafa."

"Preciso ir. Babs vai ficar furiosa."

"Venha cá e se sente... meu caro." Porque sua cabeça se pôs a funcionar e a encaixar as peças, e ela começava a entender as coisas.

"Eu gosto de você, Homer", ela disse na cozinha. "Mas há a Babs. E se eu te pago com sexo, como que eu fico depois?"

"Você tem uma cabeça boa", ele respondeu. "Eu não tinha pensado nisso. A parte sobre Babs, deixe comigo. É um acordo nosso, entende? Todo homem e sua esposa têm seus acordos, não é seu lugar interferir. Nem pense que está fazendo um favor a Babs me passando a perna. Ela não vai gostar nem um pouco de saber disso. Para ela dá na mesma se eu estiver trepando contigo ou te ajudando com os baús, ela não se importa. O que importa é que eu não estou lá. Ela é uma mulher, quer que eu esteja lá, bem debaixo do nariz dela. Só que um homem precisa dar umas escapadas de vez em quando, e não tem quem faça ela cuidar das bombas de gasolina."

Lou pensava: "Nunca mais vou me deitar em uma mesa de escritório, nunca mais, nunca..."

"Mas", ele disse, "eu gosto de você. E você está morando aqui sozinha. Você gosta de beber, então eu pensei, bom, ela provavelmente gosta de trepar e o que há de errado com isso? Você é uma mulher moderna, no fim das contas."

Eu poderia levá-lo para a cama e mandá-lo embora ao amanhecer entre juncos e martins-pescadores, ela pensou. Gosto dele. É forte, bruto, deve ser bom de cama. Poderia abraçá-lo. Talvez ele me abraçasse. Seria humano. E, sabe Deus, deve haver alguma coisa que eu possa aprender com rapazes do campo. Mas algo naquela história ia contra sua índole.

"Escuta", ela disse. "Apenas me ajude a afastar os baús para a passagem da cozinha ficar livre. De todo jeito, estou naquela fase do mês. E eu te ofereci, sim, uísque escocês uma vez, Homer."

Temia que ele dissesse algo imperdoável sobre meter nela menstruada, mas ele permaneceu calado e a ajudou.

"Ainda amigos?" Lou perguntou.

"Mais ou menos", Homer respondeu timidamente.

Os dois sabiam que não tinham ninguém com quem conversar sobre o ocorrido, e isso os fez se sentirem um pouco melhores.

18.

"Urso", ela gritou. "Eu te amo. Arranque minha cabeça."

O urso não arrancou sua cabeça, mas a febre menstrual o tornara mais diligente. Metade dela tinha medo dele, mas estava bêbada e ansiava o perigo. Segurou seu pelo grosso que escorria por entre as mãos na tentativa de chegar ao couro dele, mas quanto mais afundava as mãos no pelo mais profundidade encontrava, as unhas curtas deslizavam sem alcançar seu objetivo.

Embalou com as mãos suas bolas grandes, peludas e assimétricas, brincou com elas, deslizando-as gentilmente de volta à cavidade corporal, enquanto o urso a lambia. Seu pau não saiu da longa bainha cartilaginosa. Não importa, ela pensou, não estou pedindo nada. Nem devo satisfações a ninguém. Não me importa que eu não possa te excitar, eu te amo e isso basta.

O clima estava o melhor possível, azul e florido. Lou saiu para nadar e, quando o canal ficou vazio, nadou com o urso entre grandes esguichos e jorros d'água. Colheu alfaces amargas da horta e em seguida trabalhou na biblioteca com as cortinas de lona baixadas contra o sol ofuscante que se derramava através da claraboia. Vasculhou o conteúdo dos baús mais de uma vez até que finalmente encontrou, por trás de um forro de chita azul, a carta que comissionava o coronel Cary para o 49º Batalhão de Infantaria, suas passagens militares em Portugal, um rascunho da carta solicitando a posse da ilha e uma caricatura de Rowlandson mostrando um homem de botas pretas desaparecendo dentro do vestido de uma donzela. Este último item ele prendeu com uma tachinha logo abaixo do retrato do coronel. De alguma forma, aquilo o humanizava.

Porque o que ela não gostava nos homens não era a lascívia deles, mas o fato de que eles supunham que as mulheres não tinham nenhuma. Como consequência, não restava mais nada às mulheres além do trabalho doméstico.

Lou desdobrou e copiou os preciosos documentos. Limpou a casa até deixá-la brilhando. Não pelo diretor, mas porque ela e seu amante precisavam de paz e decência.

Urso, me leve até o fundo do oceano com você, urso, nade comigo, urso, coloque seus braços em volta de mim, me envolva, nade para o fundo, mais fundo, ao fundo comigo.

Urso, me faça finalmente me sentir confortável neste mundo. Me dê sua pele.

Urso, eu não quero mais nada de você além disso. Obrigada, urso. Eu vou te manter a salvo de estranhos e longe de olhos curiosos para todo o sempre.

Urso, abandone sua humildade. Você não é uma fera submissa. Sei que tem seus próprios pensamentos. Me conte cada um deles.

Urso, não posso ordenar que tenha amor por mim, mas acredito que você me ame. O que desejo é que você continue sendo o que é, e que o seja para mim. Nada mais. Urso.

Às vezes, tarde da noite, Lou conseguia captar emissoras de rádio distantes com seu rádio transistor. Linguagens deturpadas de além do polo norte, o sotaque arrastado de Nova Orleans. Certa madrugada, enquanto trabalhava perto da janela superior para aproveitar a brisa de verão leve e aduladora, a sala foi inundada por música grega. O urso cochilava perto da lareira morta. Era bem depois da meia-noite. O vento agitava seus papéis ao passo que as guitarras bouzouki soluçavam.

"Urso", chamou de repente, "venha dançar comigo." Ela se levantou e começou a mexer os pés à maneira grega, erguendo os braços como uma escultura cretense.

O urso se levantou sem pressa. Ela teve a impressão de que ficar muito tempo sobre as patas traseiras devia doer ou deixá-lo confuso, que seus músculos não obedeciam com facilidade naquela posição, mas ele ficou de pé diante dela e, enquanto movia pés e braços no ritmo pulsante da música, começou lentamente a se sacudir e a arrastar os pés.

Lou o observou. Ele era maravilhoso. Um estranho e gordo manequim mesomórfico, com panturrilhas e ombros absurdamente pesados, tentando dançar ereto pela primeira vez. Um bebê! Um desequilíbrio adorável, um meio-sorriso incerto, instável e pronto para desabar...

Plink, a música continuava a soar. Zonk. "*Ephies...*" Você foi embora. Não, não vou embora, pensou. Nunca irei embora. Farei roupas estranhas de pele para ficar com você durante o inverno. Eu nunca, nunca, vou te deixar.

Ele dançava de frente para ela. Moveu-se um pouco, deslocando o peso de um lado ao outro do quadril, mexendo delicadamente os pés enormes, balançando devagar os braços no ar. Ela se aproximou. "*Eph-ie-esss...*" As boates gregas em Toronto tocavam essa música com tanta frequência que até mesmo uma anglo-saxã como ela acabara aprendendo algumas palavras. Era um gemido de solidão, de perda por alguém querido. Um grito impossível de ignorar.

Qualquer que fosse a estação de rádio, a mudança para uma canção mais antiga a salvou do ensimesmamento. A música agora era mais alta, mais dissonante, com uma batida incerta. O urso balançava, olhando para ela em busca de instrução. Ela se moveu para mais perto dele e juntou suas mãos às patas dele e então, com os dedos entrelaçados àquele conjunto de agulhas de tricô, começou um balanço ao som da música junto ao corpo dele.

Aquela era a primeira vez que o abraçava de pé. A sensação era quente e estranha. Lou se movia e se achegava mais ao urso. Colocou a cabeça em seu ombro e ele ficou parado, muito quieto. Não sabia o que fazer. Ela lembrou de si mesma no ginásio de uma escola, ainda bem criança, agarrada ao corpo de um homem pela primeira vez, corada, confusa, sentindo-se culpada.

Ele não retribuiu o abraço. Permaneceu imóvel enquanto ela movia o corpo o mais próximo possível dele. Então ele bocejou. Ela sentiu a grande mandíbula descendo contra o rosto. Com o canto do olho, viu o brilho de seus dentes, e que dois deles estavam faltando. Ela se afastou. A música se transformara em um *pizzicato*, rítmico e sistáltico.

O urso voltou a ficar sobre as quatro patas. Homens começaram a emitir grunhidos estranhos contra a batida dos violinos. O urso se deitou, ouvidos atentos aos sons animalescos. Lou deixou-o descansar um momento e encostou-se ao seu lado. Ele a excitava. Ela tirou as roupas. Logo recomeçaram as infatigáveis lambidas. Ele lambia suas axilas e a linha entre seus seios que cheiravam a suor.

"O urso do Byron dançava", ela sussurrou, "mas Byron não lhe dava atenção. Se Beau Brummel tivesse te conhecido, será que ainda assim ele terminaria seus dias entre freiras, brincando com os próprios excrementos?"

Às vezes o urso lhe rasgava um pouco a pele com sua língua eficiente, às vezes ele se distraía. Nesses momentos, Lou precisava bajulá-lo e persuadi-lo. Derramava mel pelo corpo e sussurrava para chamar sua atenção, mas assim que o mel acabava, ele se afastava, peidando e saciado rápido demais.

“Me coma, urso”, ela implorou, mas ele virou a cabeça para ela cansado e adormeceu. Ela teve que colocar uma camisa e voltar ao trabalho.

Pegou um volume adornado com relevos intitulado *Obras poéticas de John Milton – Volume 1*, uma edição publicada em Hartford em 1856. As ilustrações e o papel eram de qualidade medíocre, mas ao menos as letras eram grandes. Ocorreu-lhe que teria sido agradável ler *Paraíso Perdido* naquela tipografia. De alguma forma, o texto parecia mais franco e direto.

De dentro do volume caiu outra mensagem de Deus ou Coronel Cary: *Entre os Ainu do Japão, uma vez, há muito tempo, um filhote de urso foi tirado de sua mãe e criado no peito de uma mulher. Tornou-se um membro da comunidade e foi tratado com amor e bondade. No solstício de inverno, quando tinha três anos, foi levado para o centro da aldeia, amarrado a um poste e, após muitas cerimônias e pedidos de desculpa, trespassado por varas de bambu pontiagudas. Novas cerimônias foram realizadas, durante as quais sua mãe de aluguel guardava-lhe luto enquanto comiam sua carne.*

“Nunca”, ela gritou.

Saiu para nadar nua na noite escura do rio. Deitou-se de costas e observou o cintilar verde da aurora no céu mágico.

Era uma noite quente, muito suave em contato com a pele. Grande parte dos insetos parecia ter ido embora. Adormeceu na grama e sonhou que Grinty e Greedy rolavam colina abaixo em uma batedeira de manteiga na direção dela.

“Vamos comê-la”, disse Grinty. “Vamos cortar os peitos e comê-los.”

“Cuidado”, Greedy falou. “Cuidado. É mais fácil ela nos comer. Vamos embora.”

Lou acordou: rígida, com frio e se sentindo culpada. Subiu as escadas aos trambolhões e apagou as lâmpadas. O urso não estava mais lá. Parecia-lhe humano, amável e atencioso que ele cuidasse de si mesmo quando chegasse a hora. Ao se dirigir à cama, ela o encontrou no lugar em que ele deveria estar. Fazia muito calor para dormirem juntos.

19.

Agora ela compreendia que o amava. Amava-o com tal extravagância que o resto do mundo se transformara em um nó apertado e sem sentido, exceto pela paisagem que permanecia neutra, fora e além deles, com seus próprios orgasmos de verão. Quando não havia barcos a motor, ela nadava com o urso, nadava por horas, chapinhando na água e pescando no leito do rio belas pedras para oferecê-las a ele, que as aceitava com gravidade e as segurava bem perto dos olhos míopes. Na praia, ele atirava pinhas na direção dela. Ela encontrou uma bola na casa de barcos; eles se sentaram com as pernas abertas na grama e a rolaram de um para o outro. Ela tentou arremessá-la, mas ele parecia ter medo e era incapaz de pegá-la no ar, então eles continuaram a rolar a bola pelo que pareceram horas. Foram nadar novamente. Brincaram como se fossem focas. Ele nadava bem debaixo dela e soprava bolhas em seus seios. Ela abria as pernas para capturá-las.

Agora ela compreendia que o amava, amava-o com uma paixão pura que nunca havia sentido antes. Uma vez, por um breve período, tinha se envolvido com um homem elegante e charmoso, mas quando ele disse que a amava, ela se sentiu desconfortável, sentiu que aquilo significava algo que ela não entendia e, de fato, significava, ela descobriu depois, que ele a amava contanto que as meias estivessem devidamente dobradas e ela estivesse sempre à sua disposição; ou apenas quando a comida estava excelente e ela não estava menstruada; ou quando o vinho não houvesse afrouxado a língua dela e o azeite de oliva não produzisse vincos em sua barriga. Quando ele a trocou por outra mais jovem e asseada, mais enérgica e subserviente às exigências dele, atirou pedras em suas janelas, escreveu obscenidades com giz na lateral de seu prédio, viveu obcecada imaginando a boceta virginal da jovem (ele tinha obrigado Lou a abortar) e chegou a entalhar anagramas com o nome da rival no próprio braço (embora a tenha visto somente anos depois e descoberto que era uma moça bem, bem comum), em suma, surpreendeu a si mesma com a extensão de seu impetuoso desagravo por perder um homem que no fundo era mesquinho e inflexível.

Por uma semana havia amado o Diretor. Talvez por mais tempo que isso. Sem dúvida, estava necessitada de alguma conexão sexual. Os pepinos, descobrira ao investigar as possibilidades sugeridas por Lisístrata, eram frios. Já as mulheres a deixavam faminta por homens. Com o Diretor compartilhava interesses, e ele era charmoso e eficiente; tinham muito em comum enquanto fodiam sobre mapas de Molesworth e árvores genealógicas manuscritas: mas não havia amor.

O urso, ela amava. Sentia que ele era sábio e receptivo. Às vezes sentia que ele era Deus. Ele a satisfazia. Contanto que defecasse ao lado dele todas as manhãs, estaria pronto sempre que ela abrisse suas pernas para ele. Era áspero e terno, diligente, paciente e, aos olhos dela, infinitamente gentil.

Ela amava o urso. Havia nele uma profundidade que ela não conseguia sondar, que não era capaz de alcançar e destruir com os dedos de sua inteligência. Deitou-se na barriga dele e ele bateu nela com as garras, suavemente; ela encostou sua língua na dele e sentiu como era grossa. Explorou suas gengivas e seus dentes, quase presas. Levantou os lábios pretos com os dedos e passou a língua ao longo das bordas de suas gengivas.

Uma vez, apenas uma vez, ela experimentou chamá-lo "Trelawny" mas o nome não lhe inspirou qualquer reação e ela percebeu o próprio erro: o urso não era um colecionador parasitário de memórias, não era um pirata, mas uma criatura viva e grandiosa, maior, mais velha e mais sábia que o tempo, uma criatura que por hora era sua criatura, mas que a qualquer momento poderia retornar a seu próprio mundo, a sua própria sabedoria.

Seguia trabalhando. No andar de cima. Devagar. *Os pescadores de Newfoundland*, dizia uma das notas de Cary, *coletam nas florestas ossos de pau de urso e os prendem às paredes de suas cabanas para servirem de cabides para casacos.* Ele tinha um pau grosso, protegido e enterrado em sua bainha. Lou ajoelhou-se e brincou com o membro, mas não houve resposta a seus estímulos. Ah, bom, ela pensou, o verão ainda não acabou.

Descobriu em seguida uma primeira edição imensamente valiosa da *História Natural,* de Beswick, e se sentiu justificada em seu trabalho.

Viviam doce e intensamente juntos. Ela sabia que sua própria carne, seus cabelos, seus dentes e suas unhas cheiravam a urso, e esse cheiro era-lhe muito caro.

"Urso", ela dizia a ele, provocando-o, "sou apenas uma fêmea humana. Rasgue minha pele fina com suas garras. Sou frágil. É muito fácil para você. Arranque meu coração como se fosse uma lesma debaixo de um tronco. Arranque minha cabeça, meu urso."

Mas ele era bom para ela. Soltava um grunhido, sentava-se em frente a Lou e sorria. Uma vez colocou uma pata macia em seu ombro nu, quase com amor.

Ela passou a frequentar a loja de Homer apenas quando estritamente necessário, e sempre após nadar no rio, caso o cheiro do urso a acompanhasse pelo ar. Comprava mais comida do que era o costume. Quando cozinhava para si mesma também cozinhava para o urso, sentavam-se lado a lado no degrau da varanda e ele às vezes segurava o prato com as patas e o lambia.

"Eu me pergunto", escrevera o Diretor, "se você considera a biblioteca boa o suficiente para justificar tanto tempo investido."

Vá foder um livro, ela quis escrever de volta para ele.

Vivia, agora, intensamente e inteiramente para o urso. Juntos colhiam frutas silvestres no bosque. Ele enfiava avidamente framboesas maduras na boca, enquanto Lou guardava as dela como joias em uma lata velha de mel com alça de sisal que encontrara no abrigo. Torcia para que ele achasse uma colmeia, queria vê-lo ganancioso entre as abelhas, mas tudo que ele descobriu foram vermes e larvas sob troncos em decomposição. Ela encontrou aspargos silvestres da grossura de caules de tríliums, cozinhou-os e lhe pareceram deliciosos.

Uma manhã, ela ficou de quatro e os dois compartilharam uma tigela de flocos de milho, leite em pó dissolvido em água e framboesas. Suas línguas tão diferentes se encontraram e ela estremeceu.

Começou a fazer muito calor. Deitado em sua toca, o urso arfava. Lou, em sua cama, o desejava, mas sabia que aquele não era o momento dele. Pensou em seu ano como amante, esperando um homem exigente que voltava para casa faminto não por ela, mas por filé *au poivre*, e em como ela havia desejado que ele a visitasse à tarde, mas nunca tivera coragem de pedir. Em como as coisas poderiam ter sido diferentes...

No rio, esquiadores aquáticos zumbiam como libélulas gigantes. Estava muito quente para trabalhar lá em cima. Ela jazia nua, ofegante, querendo estar perto de seu amante, querendo oferecer-lhe seus seios e seu ventre, quase acreditando que ele poderia engravidá-la com heróis gêmeos que salvariam sua tribo. Mas teve que esperar até que a noite caísse para que fosse seguro encontrá-lo.

Naquela noite, houve uma chuva de estrelas cadentes. Ela o levou à margem do rio e eles nadaram na água escura e parada. Não brincaram. Ambos estavam muito sérios para brincadeiras. Nadaram em círculos um ao redor do outro, solenemente. Depois voltaram à praia, mas no lugar de se sacudir sobre ela como sempre fazia, o urso se deitou ao seu lado e lambeu a água do corpo enquanto ela, de costas, observava as estrelas caírem, uma, duas, catorze, um milhão pareciam... caindo sobre ela, prontas para queimá-la. Lou estendeu a mão na tentativa de agarrar uma estrela que lhe parecera muito próxima, mas ela desapareceu, junto com seu brilho, dentro da Via-Láctea.

Os mergulhões e os noitibós gritavam.

Lou se sentou. O urso se sentou em frente a ela. Ficou de joelhos e se moveu na direção dele. Quando estava perto o suficiente para sentir os pelos molhados contra seus seios, ela montou nele. Nada aconteceu. Ele não conseguiu penetrá-la e ela não conseguia fazê-lo entrar nela.

Ela se afastou, o urso permanecia imóvel. Ela o conduziu ao seu recinto e o mandou para a cama.

Vestiu-se e passou o resto da noite deitada sobre a grama áspera do pântano. As estrelas continuaram a cair, sempre fora de alcance. Perto do amanhecer, o céu produziu as luzes verdes bruxuleantes de uma aurora distante.

No dia seguinte, sentia-se inquieta e com remorso. Havia quebrado um tabu. Alguma coisa havia mudado por causa do que tinha feito. A natureza de seu amor era diferente agora. Tinha ido longe demais. Havia algo agressivo nela que sempre ia longe demais. Uma vez, jogou um ovo de marcassita na janela de seu amante, um ovo verde valioso que ela estimava muito. Ela havia ficado nesta casa por tempo demais. Tinha fodido com o Diretor. Deixara os seios de fora na frente de Homer. Tinha ido longe demais. Se tivesse filhos, não havia dúvida de que os negligenciaria.

Subiu os degraus e descobriu quão pouco restava a ser feito. Desceu e se masturbou. Sentia-se vazia e furiosa, uma mulher que fedia a bestialismo. Uma mulher que nada entendia, que não prestava para nada, sem nenhuma função.

Foi até o barco e deu a volta no canal como qualquer outra pessoa tola motorizada, desviando quando se aproximava dos baixios, desafiando as ondas do mar aberto. Mas o rio estava muito tranquilo e a única coisa que viu foi um galho de bordo vermelho. Ver aquilo fez com que ela desejasse morrer.

Foi para a cama sem jantar e sem alimentar o urso. Em seu sonho, pessoas verdes deslizavam pelo vento e reivindicavam partes de seu corpo para comer. "Isso é meu! Isso é meu! Não, essa parte é muito velha. Aquela foi muito usada. Ela tem cabelos no peito. Levem-na embora daqui!"

Os cavalos que conduziam a carruagem do sol pararam e ergueram as patas dianteiras. O condutor os chicoteou. "Nem neve, nem vento, nem chuva pode nos parar" ele tagarelava, "Rápido, Tarzan, rápido, Tony. É um dia alegre, vamos lá, companheiros." No entanto, quando viu a bolha de carne que os cavalos tentavam evitar, ele conduziu as rodas da carruagem noutra direção e não houve dia naquele lugar.

Ela sabia que precisava se esconder, mas não havia nenhum buraco, nenhum urso. Lou se refrescou na água, enrolando-se e se desenrolando, flexionando e relaxando, porque sabia que tinha vindo da água. Chupou os dedos dos pés e das mãos, fingindo ter acabado de nascer. As ondas continuavam a lamber a areia da praia.

"Não foi muito esperto", o Diabo dissera à noite, "cometer um ato de bestialismo com um velho urso de estimação esfarrapado. Um tatu, por exemplo, poderia ao menos ter sido mais original; mais desafiador, para dizer o mínimo. O bestialismo por si só já é uma ideia interessante, claro, mas é preciso levá-lo a cabo com estilo. Mas você nunca fez nada com estilo, não é verdade? Não passa de um pedaço velho de lona, sem graça e sem originalidade. Quando aquele amante te trocou por aquela menininha ainda verde você disse as coisas mais óbvias e escreveu nas calçadas com giz como uma criança, quando poderia ter dito na cara dele que ele nem era lá grande coisa. Depois disso foi atrás de seu chefe – imagine só, ser tão sem imaginação a esse ponto – e cada vez que ele te fodia, você fazia questão de garantir que não fosse por cima dos mapas mais valiosos. Você não tem orgulho, nenhuma noção de amor-próprio. Deveria ter procurado por um abominável homem das neves, ou tentado algo mais refinado como um tipo interessante de rato d'água. Sabe, o osso do pau de um lêmingue só pode ser visto com a ajuda de uma lupa. Há um padre no Ártico com uma coleção deles; eu poderia ter te falado de tudo isso, se você ao menos desse ouvidos ao que eu digo. O problema de vocês, meninas de Ontário, é que nunca adquirem qualquer tipo de sofisticação. Você se engana sobre aquele urso: ele é tão interessante quanto um sofá; tão interessante quanto você, na verdade. Agora seja uma boa menina e vá embora. Nenhuma estrela cairá em suas mãos."

O urso veio até ela. Sua respiração estava infinitamente pesada e suave. Lou percebeu que ele estivera velando por ela. Já era de manhã, devia estar com fome. Ergueu-se lenta e pesadamente e abriu para ambos uma lata de feijões. Eles os comeram frios.

20.

Ela se olhou no espelho que pertencera a Jocelyn Cary. O cabelo e os olhos possuíam um aspecto selvagem. Agora tinha a pele marrom e um corpo diferente e seu rosto não era mais o mesmo rosto que havia visto antes. Estava assustada consigo mesma.

Aqueceu a água e lavou o cabelo e o rosto na bacia. Escovou os dentes, apesar da pasta de dentes lhe causar náuseas. Encontrou um batom, pente e coisas para maquiar os olhos. Vestiu uma camisa xadrez limpa.

Subiu na lancha e foi até a Marina. Babs estava no balcão.

"Onde está o Homer?" perguntou.

"Na serraria, primeira estrada à direita depois das cataratas", Babs respondeu sem sequer olhar para ela uma segunda vez.

Dirigiu até a cidade e comprou uísque. Homer estava na serraria abandonada, enchendo a picape com lenha para vender entre os campistas.

"Há quanto tempo."

"Tenho trabalhado sem parar."

"Pensei que tinha perdido o juízo tanto tempo sozinha."

"Trouxe bebida."

Ele sorriu. "Copos?"

"Tenho um no porta-luvas."

"Eu também."

Sentaram-se lado a lado em um tronco e começaram a beber o uísque puro. Viravam os copos no mesmo ritmo, um acompanhando o outro. Desta vez ele não tinha nenhuma história para contar. Quando metade da garrafa já tinha sido derrubada, ele a puxou pela manga da camisa e a levou a um barracão caindo aos pedaços. Desafivelou o cinto. Ela fez o mesmo. Ficaram frente a frente semidespidos. Ele sorriu.

"Não dá pra gente passar muito tempo sem, não é verdade?"

Não houve preliminares. Ele tinha um pau grande e fez uso dele. Tudo parecia muito estranho e cru, e ele tinha um jeito de hesitar e recomeçar a tarefa que era diferente de tudo o que ela conhecera até então. Ele a excitava. E era bom ter aquele enorme vazio preenchido, mas ela não sentiu nada com ele, nada.

Quando ele terminou disse "obrigado". Então ambos se vestiram.

"Pode ficar com o que restou na garrafa", ela disse.

"Não, você fica. Pra mim é mais fácil arrumar bebida."

"Combinado. Você pode passar lá qualquer dia para tomarmos outra dose."

"Vou sim, obrigado."

Ela voltou para casa e chorou. Em seguida, subiu para o primeiro andar e tentou trabalhar outra vez. Certamente havia alguma coisa naquela enorme biblioteca, certamente um exemplar anotado de *Endurecendo no Mato*, ou um diário. Algo que lhe pudesse ser mais útil do que receitas de sangria de framboesas.

Otso, tu meu bem amado,
devorador de mel dos bosques,
não deixeis a ira inchar teu peito;
eu não tenho forças para te matar,
pois entregaste tua vida livremente
como sacrifício às Terras do Norte. . .
Nunca te consideraremos um mal,
viverás em paz e abundância
e te alimentarás de leite e mel. . .
— Kalevala.

"Ah, Deus", gritou, "nunca fui mulher de usar colares de animais devorando uns aos outros para ir à igreja. Não quero fazer molduras de janelas com suas tripas nem usar suas omoplatas como cortadores de grama. Eu só quero amá-lo."

Mas ele sentiu que ela cheirava a homem naquela noite e não quis se aproximar.

"As pessoas ficam um pouco estranhas por aqui", disse Homer, "quando passam muito tempo sozinhas. Houve um coronel que foi magistrado depois do primeiro Cary. Ele atirou no homem que atirou em seu castor de estimação. Orville Willis e um sueco contratado para trabalhar com ele passaram um inverno inteiro em uma tenda indígena perto de Gardner's Reach, cortando troncos para uma casa e vivendo à base de nabos e peixes. Na primavera, um dos Leroy os encontrou encolhidos como bebês na floresta, duros feito pedras. A Sra. Francis, uma dama inglesa, e sua filha, foram deixadas sozinhas na fazenda do filho imprestável dela, o Ralph. A abstinência de carne fez com que mãe e filha fossem para o celeiro caçar andorinhas com aquelas grandes redes que as senhoras usavam para adornar chapéus. Elas depenaram e assaram os pássaros em seus alfinetes de chapéu e disseram que estavam muito bons. Por aqui também crescem avelãs selvagens, são uma delícia. Mais uma dose?"

Lou estava sentada de pernas cruzadas a uma distância segura de Homer, que se aproximou.

"Você fede a urso", ele disse.

"Faz sentido. Não há outra forma de viver com ele a não ser vivendo perto dele." Ela observou as orelhas nuas de Homer e pensou em seu corpo sem pelos. Estremeceu.

"As pessoas ficam estranhas quando passam muito tempo sozinhas."

"Tenho muito trabalho para fazer."

"O que vai ser feito do lugar, afinal?"

"Talvez vire um centro de conferências."

"Não há espaço suficiente. Dormem quatro no máximo."

"Eu não sei", ela disse impaciente, "eu não sei. Preciso fazer um relatório sobre isso, não faço ideia do que dizer."

"Mais fácil transformar em um retiro de pescaria para figurões do governo."

"Você e o Joe ainda querem tomar conta do lugar?"

"Claro, é trabalho fácil."

Quando a garrafa chegou ao fim, ela o acompanhou até o barco. Ele lhe entregou uma pilha de correspondências. O ar estava frio.

"O outono está chegando", ele disse. "Logo mais você vai embora."

"Logo mais, Homer."

"Joe disse que qualquer dia virá buscar o urso. A velha Sra. Leroy não está nada bem. Agora vive com a extrema-unção na mesa de cabeceira para qualquer momento. Ela quer ver o urso uma última vez antes de ir. Pelas contas do Joe algumas noites atrás, ela já deve ter cerca de cento e quatro anos."

"Clima saudável, Homer."

"Costumava ser bonito nos velhos tempos, quando os funerais eram feitos sobre barcos."

"Aposto que sim, Homer."

Ele foi embora.

21.

Após o primeiro domingo de setembro, feriado do dia do trabalhador, as lanchas e os jet-skis desapareceram miraculosamente. A água começava a esfriar outra vez, mas por volta do meio-dia ela e o urso conseguiam brincar como lontras no rio. Depois, ela tentava se aquecer na praia enrolada em seu roupão de banho.

Teve um desejo de preparar conservas. Sem dúvida havia potes para isso no porão, velhos potes esverdeados de geleia com tampas oxidadas e vedação comprometida que hoje deveriam valer uma fortuna em lojas idiotas de antiguidades. Seu jardim era um fracasso, e no lugar de cuidar dele ela passava as tardes estirada ao sol com o urso, pensando nas coisas que precisaria fazer se fosse ficar com ele durante todo o inverno, transportando-se para um passado severo e pastoral demasiado remoto para que ela conseguisse se agarrar a ele, recordando o gosto estridente de leitelho fresco, a quentura leitosa do *succotash*, a maneira como uma de suas tias fazia sabão com gordura de bacon e lixívia, e como uma vez queimou as camisas europeias com babados de um professor com o ferro de passar, mesmo depois do ferro ter apitado quando ela cuspiu nele.

Sentia-se ociosa e suja. Suas unhas estavam todas quebradas. Ela e o urso passavam o dia sentados em pomposa ociosidade no jardim. À noite, descansavam perto da lareira no andar de cima.

Urso e mulher junto ao fogo. Ambos nus em pelo. Seu pelo grosso tocando-a novamente, as mãos dela em sua pele. Agora, o cheiro dele a embevecia.

Noite e silêncio. Ao longe, os últimos veranistas percorriam o rio com suas lanchas. Uma faísca de tronco de bétula pulou da lareira para o pelo dele. Cheirou a penas queimadas até que ela o lambeu.

Ele estava mais lento agora. Passara a visitá-la com menos assiduidade e comia em grandes quantidades. Ela sabia que ele estava acumulando uma bolsa de gordura no ânus para o período de hibernação. Já ela estava quase – na verdade, completamente – terminada com o trabalho.

Lou sentiu frio sem o pelo dele ao redor dela. Contorceu-se perto dele, mais perto, até que ele a envolveu. O urso moveu uma perna e quase quebrou o braço dela. Ela havia esquecido seu peso formidável.

"Acabou, agora" ela disse a ele. "Acabou. Você precisa ir para o seu lugar e eu para o meu." Ela se sentou e vestiu o suéter.

Ele se sentou de frente para ela, esfregando o nariz com a pata e parecendo confuso. Então baixou o olhar para si mesmo. Ela também olhou na mesma direção. Lentamente, magicamente, seu grande pênis surgia.

Não era como o de um homem, em formato de tulipa. Era vermelho, pontudo e impressionante. Ela olhou para ele. Ele não se moveu. Tirou o suéter e ficou de quatro na frente dele, postura animal.

Ele estendeu uma grande garra e rasgou a pele das costas dela.

A princípio, Lou não sentiu dor. Ela simplesmente pulou para longe dele e se virou para encará-lo. Ele havia perdido a ereção e estava sentado na mesma postura de antes. Não conseguia ver nada, nada em seu rosto que lhe dissesse o que fazer.

Foi então que sentiu o sangue escorrendo por suas costas, e percebeu que precisava sair dali.

"Fora!" ela gritou, vestindo o suéter para – bem, aquecê-la, mas também para cobrir e absorver o sangue. "Fora." Tirou um pedaço de madeira do fogo e o sacudiu na direção do urso. "Fora. Xô. Hora de dormir. Vai!"

Devagar e cuidadosamente, ele se levantou, colocou-se de quatro e desceu as escadas.

Lou reposicionou a tela de proteção em frente ao fogo e vestiu as calças. Apagou a lamparina Tilley, pegou seus cigarros e o seguiu escada abaixo. O urso derrubou alguma coisa ao passar pela cozinha. Ele vai sentir o cheiro do meu sangue, agora ele virá atrás de mim, ela pensou.

"Vai", ela gritou. Ele atravessou a porta dos fundos às pressas. Ela caminhou o mais ereta possível até a porta, trancou-a e caiu tremendo na cama.

Quando acordou, ainda estava claro. Queimava de febre. Sabia o que tinha acontecido. Tinha ficado tempo demais no sol, devia ser dois de julho, e sua mãe havia colocado aquela coisa que parecia cimento de borracha em suas costas e ela estava grudada ao lençol, gelada de insolação. Agora iria ter febre e vomitar muito e ser cuidada e ouvir dizerem que não sabia fazer nada com moderação. A única coisa a fazer era arrancar-se dos lençóis de musselina e acabar logo com isso.

Foi uma luta. Não conseguia se separar da cama. Havia algo diferente. Tentou levantar um braço. A dor gritou e ressoou em seus ouvidos. Ela se lembrou.

Ai, Deus, eu sou uma idiota, uma idiota, uma idi...

Era dia. A luz fluía e ela estava deitada presa à cama em plena luz do dia. Não conseguiu levantar o braço. Alguma coisa tinha acontecido. Ah, aquilo.

Jesus, tende piedade de nós.

O quarto onde havia se deitado estava sujo. Suas mãos estavam sujas. Há quanto tempo estou assim, ela se perguntou, e onde será que ele está? Estará com fome? Já é outono? Ele foi dormir? Moveu as pernas, estavam boas. Descobriu que estava vestida. Podia mover a cabeça, o braço direito e, lentamente, agora, o esquerdo. Jesus, Maria e José, como dói. Minhas mãos estão geladas, a cabeça pegando fogo. Preciso me levantar.

Descobriu que podia rolar para fora da cama. E que conseguia ficar em pé. Caminhou até a cozinha e descobriu que podia andar. Beber água. Tomar uma aspirina.

Ele me rasgou, ela pensou. Era isso que você queria, não era, putinha decadente da cidade grande?

Encostou-se no balcão da cozinha por um tempo, decidindo o que fazer. Então saiu pela porta da frente e deitou no rio com as roupas que tinha no corpo, até sentir o suéter se descolando de sua pele quebrada.

Tentou recordar o que acontecera. Lembrou dele ficando excitado com ela, e então aquele seu único gesto. Os gritos que deu. A forma como se afastara dele. Havia sido tola? Claro que não. Se havia animal selvagem suficiente dentro dele para fazer aquilo, o sangue teria...

A água estava gelada. Ela se ergueu e correu para dentro de casa. Arrancou a parte de baixo da roupa e, com maior dificuldade, a parte de cima. Mirou-se nua no grande espelho oval mais uma vez.

Estava diferente. Parecia ter o corpo de uma mulher muito mais jovem. A gordura sedentária havia desaparecido, deixando a forma das costelas à mostra. Virou-se devagar e olhou as costas no espelho de vidro: um vergão longo, vermelho e coagulado a marcava do ombro à nádega. Essa marca vai ficar comigo, ela pensou. E não é a marca de Caim.

Foi até a cozinha e molhou uma camisa com antisséptico. Pendurou-a sobre os ombros por um tempo. Em seguida, vestiu-se e muito lentamente começou a preparar o café da manhã.

Quando saiu da casa, o urso a aguardava em atenta expectativa. Lou lhe entregou o prato de comida. Sentaram-se calmamente lado a lado. Por um tempo, ela ainda tremia. Houve um estalo no ar. Ele se aproximou um pouco mais dela.

No andar de cima, ele se deitou assistindo a dança do fogo enquanto ela, sentada à mesa de trabalho, abria a correspondência que Homer lhe trouxera alguns dias atrás. Edições de verão da *Times Literary Supplement* transbordando de anúncios para arquivistas, uma série de cartas irritadiças do Diretor (estaria se sentindo privado de sexo?), uma carta de sua irmã descrevendo coisas que interessam apenas às mães, mas que ainda assim clamam para serem descritas.

Lou se sentou ao lado do urso, lendo. Na noite anterior, tivera medo de que o cheiro de sangue nela fizesse com que ele a machucasse ainda mais, mas hoje ele era outra coisa: amante, Deus, amigo. E um pouco de cão, também, pois quando estendeu a mão, ele a lambeu e passou o focinho por ela.

No entanto, algo entre eles havia desaparecido: a comunhão intensa e vibrante que os mantivera unidos durante o verão. Quando olhou pela janela, Lou reparou que a folhagem das bétulas estava amarelando, e as folhas se tornavam cada vez mais escassas.

Metodicamente, começou a empacotar seus livros e papéis. Com isso feito, começaria a limpar a casa.

22.

Naquela noite, ternamente deitada ao lado dele junto ao fogo, vestida, ela era um bebê, uma criança, uma inocente. Os gritos dos mergulhões lá fora eram agudos e dedicados a ela. Os juncos cantavam-lhe uma canção, esfregando-se uns contra os outros. No regaço de seu pelo, ela se sentia embrulhada em uma cesta e acariciada por pequenas ondas. O respiro das feras amáveis pousara sobre ela. Sentiu dor, mas era uma dor querida e doce que não pertencia ao sofrimento mental, mas à terra. Sentiu o cheiro de musgo e das flores frescas do Norte. A pele dela era de seda e o ar ao seu redor, veludo. As pedrinhas do rio brilhavam na água noturna com uma beleza que tinha valor próprio e não dependia da avaliação de joalheiros. Ela permaneceu deitada com ele até os pássaros matinais começarem a cantar.

O que havia passado dele para ela, não sabia. Certamente que não havia sido a semente de heróis, ou magia, ou qualquer virtude surpreendente, porque Lou continuava sendo ela mesma: mas por um estranho e nítido momento ela pôde sentir em seus poros e no gosto em sua boca que ela sabia, enfim, para que servia o mundo. Não se sentia, por isso, finalmente mais humana, mas sentia-se ao menos pura. Pura e simples e orgulhosa.

Desceu até à margem da água e assistiu ao milagre do amanhecer. Sentiu os lúcios sinistros nadando por entre os juncos, que eram sua morada. Observou os últimos pássaros de verão reunidos e sentiu o olhar dos açores sobre ela, mas desta vez sem medo.

A água que cobria seus pés estava gelada, mas o ar era bom e agradável. Deu meia volta e a casa branca que havia atrás dela também lhe parecia frágil e simples: não mais um símbolo, mas uma entidade.

Voltou ao escritório e continuou a organizar e empacotar seus arquivos.

Mais tarde, um homem em um casaco xadrez preto e vermelho, um homem enorme com uma mecha de cabelo preto, bateu na porta dos fundos. Era Joe King, sobrinho de Lucy Leroy. Disse que sabia que ela estava de partida, e que ele e Lucy gostariam de cuidar do urso durante o inverno.

É isso, ela pensou. É chegada a hora. Mas o momento parecia certo.

Perguntou pela saúde de Lucy, que se mantinha estável.

"Ela ficará feliz de vê-lo. Tem uma verdadeira obsessão por esse urso. Ela diz que não tem mais ninguém com quem conversar. Lucy espera que você e ele tenham se tornado bons amigos."

"Eu costumava nadar com ele."

"Ele está mesmo em boa forma."

"Vou sentir muito a sua falta, mas não poderia levá-lo para Toronto."

"Se o deixarmos aqui sozinho, algum caçador desgraçado pode vir atrás dele."

"Quando Lucy morrer, você não vai matá-lo, vai?"

"Só se ele adoecer. A gente não come mais patas de urso por aqui. De qualquer forma, Lucy vai nos fazer prometer o mesmo. Você não precisa se preocupar."

Lou foi até o urso e gentilmente prendeu a corrente à coleira em seu pescoço.

"Bem que a Lucy falou que vocês dois se dariam bem", Joe disse.

"Ah, nós nos demos muito bem. Ele é um ótimo companheiro."

"Quando você volta para Toronto?"

"Em alguns dias. Preciso deixar a casa apresentável. E ainda tenho alguns documentos pendentes."

"Imagino que não tenha encontrado nenhum tesouro enterrado. Eles não sabiam de muita coisa, os Cary. Não eram mais que turistas."

"Diferente de você e Lucy."

Ela caminhou com eles até o cais. Em seguida, voltou até a casa e reuniu as sobras do jantar para os dois. Quando retornou, o urso já estava acomodado na lancha, bastante satisfeito. Ela esfregou seu pescoço afetuosamente e coçou suas pequenas orelhas cartilaginosas.

"Adeus", ela disse.

Joe ligou o motor. O urso se agitou com o barulho, sua língua saiu para o lado e lambeu a mão dela. Então Joe começou a se afastar com um adeus casual e ela ficou de pé no cais, vendo o urso desaparecer no canal, uma velha gorda e distinta com o nariz ao vento na proa do barco. Ele não olhou para trás. Ela não esperava que ele fizesse isso.

Varreu a casa, arrumou seus pertences e levou para o carro, em etapas, o equipamento que trouxera. Deixou os itens de lavanderia na cidade, incluindo o lençol ensanguentado, para serem buscados por Homer. Foi ao banco e sacou dinheiro suficiente para liquidar a enorme conta que lhe devia na mercearia da Marina.

Voltou e se sentou na casa enorme e vazia. Não havia encontrado seus segredos. Era uma bela construção, mas não tinha segredos. Falava apenas de uma família que não queria se misturar ao barro comum, que temia se perder na história mais do que qualquer outra coisa. Com suas belas mesas, sanefas de veludo e espelhos ovais, esposas inglesas reafirmavam sua aristocracia nessas ilhas de verão povoadas por indígenas.

Não lhes serviram de nada, ela pensou, enquanto pereciam na natureza selvagem. Coronel Jocelyn foi a única que entendeu alguma coisa: aprendeu a curtir uma pele de lince.

De volta ao escritório, ela tirou a gravura de Rowlandson da parede: pertencia a uma fase de sua vida que ficara para trás há muito tempo. Espanou os livros e trancou os armários das estantes. Contra os regulamentos, embrulhou a primeira edição de *Wacousta* e o Bewick com exemplares da *Times Literary Supplement* para levá-los consigo. Durante o inverno, esquiadores poderiam invadir a casa. Eles levariam o telescópio pelos parafusos de latão e quebrariam os globos terrestre e celestial. Bem, que o mundo seja esmagado: era esse o rumo que as coisas deveriam seguir. O urso estava seguro. Ela garantiria que esses dois livros também estivessem.

Sobre a coleção das anotações de Cary, hesitou. Pareciam pertencer mais a ela do que ao Instituto. No entanto, resolveu colocá-las por fim em um envelope na gaveta da escrivaninha com a inscrição "Anotações de Cary sobre ursos". Ela não precisava mais daquelas notas.

Havia uma imensa sensação de paz no desempenho dessas tarefas, que ela fazia com minúcia e atenção. Ela faz sua casinha brilhar, pensou.

Subiu até o cesto de gávea no topo da árvore e despediu-se uma última vez da vista impressionante da ilha de Cary. Em seguida, foi até a lagoa dos castores onde nunca havia visto um castor. Os açores não estavam lá. Inspecionou as ruínas de sua horta. Parou na entrada do antigo estábulo do urso e sentiu seu cheiro embriagante. Realmente, pensou, realmente…

A tarde já chegava ao fim quando ela terminou de limpar a cozinha, deixando o balcão limpo e alguns enlatados para quem estivesse de passagem, e levou suas últimas coisas até o barco. O rio estava agitado pois soprava um vento de outono. Ela subiu seu curso lentamente, sentindo-se terna, serena. Lembrava-se das noites em que se sentara perto do fogo com a cabeça do urso em seu colo. Lembrou-se da noite em que as estrelas caíram em seu corpo queimando e queimando. Lembrou-se da culpa, e de um sonho que tivera no qual sua mãe a obrigava a escrever cartas de desculpas aos indígenas por ter se envolvido com um urso, e se lembrou da garra que havia curado aquela culpa. Lou se sentia forte e pura.

Quando deixou as chaves com Homer, tomou um trago de despedida com ele no balcão, longe das vistas de Babs. Ele prometeu colocar persianas nas janelas, cuidar do lugar durante o inverno e mandar a conta dos serviços de manutenção para o Instituto.

"Lucy vai morrer feliz agora que ela tem aquele urso de volta", ele disse.

"Ele é um bom urso."

"Parece que sim. Eu não saberia dizer."

Lou pensou na estranha protuberância na parte superior da dentadura de Homer que ela havia percebido no dia em que fizera amor com ele.

"Então, adeus." Apertou sua mão. "Obrigada por tudo. Infelizmente, não consegui ir muito longe com a horta."

"Você conseguiu, sim. Pretende voltar no futuro?"

"Acho que não. Estou pensando em mudar de emprego. Hora de seguir em frente."

"Venha nas férias. Eu te faço um preço especial para a área de acampamento."

"Obrigada, Homer."

Dirigiu na direção sul toda a noite, tomando a longa rota terrestre. Vestia um pulôver grosso e dirigiu com as janelas abertas até que o cheiro da terra deixou de ser o cheiro da água e das árvores e se tornou cidade, fumaça e gás. Era uma noite brilhante, toda estrelada e, no alto, a Ursa Maior e suas trinta e sete mil virgens lhe faziam companhia.

Este livro só foi publicado devido ao apoio de
todos e todas as apoiadoras do projeto
deste livro no Catarse. Cerca de 267 pessoas
tornaram possível a publicação de
Urso, de Marian Engel, uma autora inédita até então por aqui.